ぽてんしゃる。 もくじ

自己肯定感って ―― ○一一
『生まれたての人のように』 ―― ○一二
暗闇なんかない ―― ○一四
なにかを考えるための10ヵ条 ―― ○一五
取っ手 ―― ○一六
「悲しみ」を感じることは ―― ○一七
ほめる人 ―― ○一八
どっちつかず ―― ○一九
咲くものは、咲く ―― ○二〇
わかっていること ―― ○二一
反作用が強かったら ―― ○二二
ぱわっと漠然 ―― ○二三
いてもいいんだ ―― ○二四
はじまりの用意 ―― ○二五
からだたちは相談して ―― ○二六
トキのひな ―― ○二七
テーマは問いのなかに ―― ○二八
漠然と話そう ―― ○二九
12月のピラミッドの思い出 ―― ○三四
スイッチ ―― ○三四
「うまい」はじぶんのもの ―― ○三五
ジャムおじさんの慢心 ―― ○三六
少年っぽい ―― ○三七
がまんするお兄ちゃん ―― ○三八
棒といっしょに歩き出す ―― ○四四
花と団子と ―― ○四五
しゃべれない犬 ―― ○四六
無口な動物 ―― ○四七
未来に向かって駆け出す犬 ―― ○四八
秋の気配 ―― ○四九
『眠っている　ということ』 ―― ○五〇
ゴリラとわたし ―― ○五六
カラスって ―― ○六〇
「きれい」と決められた花 ―― ○六一
牛は ―― ○六二
大人がものを食べているところ ―― ○六四
葉っぱとか石とかでも ―― ○六五
父の教育 ―― ○六六
やみくもに変わろうとするな ―― ○六八
ほめられたときの定型文 ―― ○六九
なめるな ―― ○七〇
大学が練り込まれている社会 ―― ○七二
卒業おめでとう ―― ○七三
知っていることの少なさを ―― ○七四
たのしみ ―― ○七五
仕事を引き受けるときの原則 ―― ○七八
手をかけた仕事ほど ―― ○七九
ミーティングの極意 ―― ○八〇

「やりかけ」の山積みも ―― 〇八一
最終的にはできる ―― 〇八二
へんな強迫観念 ―― 〇八三
「いいこと考えた！」 ―― 〇八四
個人として大切にしたいこと ―― 〇八六
考えなしの努力より ―― 〇八七
努力と収穫の間の時差 ―― 〇八八
あんぱん、カツ丼、ポストイット ―― 〇八九
おとなの仕事 ―― 〇九〇
『最後の広告論』より ―― 〇九一
「働く」こと ―― 〇九二
自転車とピアノ ―― 〇九四
リーダー論 ―― 〇九六
まずじぶんが変わんなきゃ ―― 〇九七
クリエイティブの3つの輪 ―― 〇九八
ベンチに座って ―― 一〇〇
いっそ、さぁ ―― 一〇一
ほめてくれた人 ―― 一〇四
「おもろぅするんや」 ―― 一〇六
編みながらできていく ―― 一〇七
共作が続く理由 ―― 一一〇
芸術は恋愛だ ―― 一一一
「憧れ」のかたち ―― 一一二
雪の降る日 ―― 一一八
この日の分だけ ―― 一一九
夢は、ほらに似ていて ―― 一二〇
白いねこ ―― 一二一
『夢としての野良猫。』 ―― 一二三
さみしい歌 ―― 一二四
二頭の牛の会話 ―― 一二八
草食系動物の観察 ―― 一二九
旅と天井 ―― 一三〇
土地の記憶 ―― 一三一
ブイヨンに会いたいなぁ ―― 一三一
旅人に向いてない人間 ―― 一三四
亡くなった人との対話 ―― 一三六
死ぬこと ―― 一三七
あなたのいない世界 ―― 一三八
「さみしい」と「おさしみ」 ―― 一四二
ありがたくない ―― 一四三
人間ドックの前夜には ―― 一四四
たいたんの妖女 ―― 一四五
女房は聞いてない ―― 一四六
ホタテガニ ―― 一四七
馬鹿らしさを眠らせたい ―― 一四八
「をかし」とか「あはれ」とか ―― 一四九

ほぼ日ブックｉｎブック

ことばのことを考えることがよくある。

おやつ —— 一五五
まずは姿勢 —— 一五六
悪い運命の思うつぼ —— 一五七
いい背中 —— 一五八
イヤな伝統を断ち切る方法 —— 一五九
おもしろくする —— 一六〇
たのしそうにしている場所 —— 一六一
みんながわかってくれないときは —— 一六二
なにかしらいいことが —— 一六三
そのままでいいのでしょうか —— 一六四
「じぶん」の評価 —— 一六五
アートの領域 —— 一六六
沈黙は最後の武器 —— 一六七
無意識のモノサシ —— 一六八
風呂につかって考えた —— 一六九
あ行 —— 一七四
御前居間平下郎 —— 一七四
食餌 —— 一七四
人生の折り返し点 —— 一七五
ツタンカーメン —— 一七五
天然と洗練 —— 一七五
ばからしいがうらやましい —— 一七五
マンゴージャム —— 一七六
その日その日の歌 —— 一七六
スポーツか、エロスか —— 一七七
シャンソンと桜 —— 一七七
どうして腹を立てるのか？ —— 一八四
基準 —— 一八六
騒ぐよりも —— 一八七
それぞれ —— 一八八
観念は無敵 —— 一八九
ペニシリンを想え —— 一九〇
小姑よ —— 一九一
意味ばかりが —— 一九二
信用 —— 一九三
選んでもらう工夫よりも —— 一九四
避けられないコスト —— 一九五
疲れてるだけじゃないか？ —— 一九六
はじまりを、はじめよう —— 一九七
大げさ —— 一九八
犬も猫も —— 一九九
ぽてんしゃる。1 —— 二〇〇
ぽてんしゃる。2 —— 二〇一
『ＭＯＴＨＥＲ』の仕事 —— 二〇二
『ＭＯＴＨＥＲ』の思い出 —— 二〇三

あ、パパだ —— 二〇四
吉本隆明さんとの対話 —— 二〇六
吉本さんちの白い猫 —— 二〇七
いい会社とは？ —— 二〇八
反作用 —— 二〇九
翻訳について —— 二一〇
考えてきたことの正体 —— 二一一
戦争と「近所の友たち」 —— 二一二
半分かまう —— 二一四
じぶんで選べないことは —— 二一六
ほんもののいい人 —— 二一七
吉本さん。 —— 二一八
『吉本隆明さんのやってきたこと。』 —— 二二〇
「おつかれさまでした」 —— 二二二
犬の年齢 —— 二二八
ことば —— 二三二
「ことば」の実 —— 二三三
来ない —— 二三四
顔文字について —— 二三五
ジャムづくりはめんどくさい —— 二三六
編みもの —— 二三八
声をかけたい人々 —— 二四二
じぶんだったかもしれない —— 二四四
かんたんだと思ってはいけない —— 二四五
光の射す方向に、ずっと —— 二四七
雪のなかの花火 —— 二四八
ミニスカサンタ —— 二五〇
サンタの見分け方 —— 二五一
やちゅう —— 二五二
ヤンキースのイチロー —— 二五二
ストライク —— 二五二
敗戦 —— 二五二
祈祷のようなもの —— 二五三
クライマックスシリーズ —— 二五三
ご機嫌 —— 二五三
シーズンオフ —— 二五三
「おいしい」と「うれしい」 —— 二五四
あそこでいいか —— 二五四
夜中の桃 —— 二五五
もんじゃ —— 二五五
万惣のホットケーキ —— 二五六
コロッケ丼の提案 —— 二五八
コロッケ丼の逆襲 —— 二五九
あらゆる芋煮の肯定 —— 二六〇
薬味の追憶 —— 二六二
お好み焼き —— 二六二
春野菜 —— 二六二
カツオ —— 二六二

ウスターソースにポン酢 —— 二六三
ごぼうチップス —— 二六三
バーベキューは終わった —— 二六三
若洲公園で —— 二六三
アーモンドをまぶしてあるパルム —— 二六六
あずきはジャムに合う —— 二六六
甘いものを食らう男 —— 二六六
こしあんのメートル原器 —— 二六六
つぶあんとこしあん —— 二六六
なんだ、この肉! —— 二六六
カレーメン —— 二六六
いちごと練乳 —— 二六七
おれの欠点 —— 二六七
肉のみに生きるにあらず —— 二六七
七夕のねがい —— 二六七
そうめん —— 二六七
告ぐ —— 二六七
まだ名付けられていない肯定的な感情 —— 二七〇
「群れ」と「ひとり」 —— 二七二
親しいもののかわいさ —— 二七四
ぬるっとした思い出 —— 二七六
とは言わないよ —— 二七七
おいしいごはんを食べよう —— 二七八
あなたの　ぜんぶまるごとを —— 二八〇
仮縫い —— 二八二
誰かが言ったらうれしいだろうな —— 二八三

ぽてんしゃる。

自己肯定感って、「わがまま」のことじゃないよ。
昼寝している犬の寝顔みたいなものだと思うんだ。

『生まれたての人のように』

たとえば、じぶんがクルマだったとしたら、
走りたいと思うんだ。

速く、すっごいスピードで走りたい。
わぁっとみんなを
びっくりさせるような速度で、
走り回りたいと思うんだ。

ずっと、どこまでも遠くまで走りたい。
ガソリンの最後の一滴が
なくなっても、まだ、
走り続けていたいと思うんだ。

たくさんの人たちを乗せて運びたい。
憶えたての歌を歌うこどもたちとか、
何百人でも乗せて走りたいと思うんだ。

たとえば、じぶんが歌だったら、
じょうずでも、へたでもかまわないから、
みんなに歌ってもらいたいと思うんだ。

たとえば、じぶんが
野うさぎだったら、
地面にいっぱい穴をほって、
いっぱい逃げたり、
いっぱいはねたり、
いっぱいこどもつくったり。
野うさぎっぽいこと、

いっぱいしたいと思うんだ。

たとえば、じぶんが
生まれたての人だったとしたら、
なにができるのかわからないままに、
できることを探したり
増やしたりしながら、
なにかやらせて、なにかやらせて
と動くんだろうな。

クルマでも、歌でも野うさぎでも人間でも、
できることはぜんぶやったなぁ
と感じるのが、
いちばんのあこがれだよなぁ。

このからだを、このこころを、
この知恵を、
この思い出を、このいのちを、
まるまるまるまるごと使い切れたら
最高だよな。

できるかもしれないことは、したい。
できることは、
もっとじょうずになりたい。
生まれたての人のようにね。

生まれたての人だったとき、
ものすごく生きたがってたね。

暗闇なんかない、「想像力」があれば。

なにかを考えるための10ヵ条

ひとつのことを考えるとき、

1　そのことのとなりになにがあるか？
2　そのことのうしろ（過去）になにがあったか？
3　そのことの逆になにがあるか？
4　そのことの向かい側になにがあるか？
5　そのことの周囲になにがあるか？
6　そのことの裏になにがあるか？
7　それを発表したら、どういう声が聞こえてくるか？
8　そのことでなにか冗談は言えるか？
9　その敵はなにか？
10　要するに、それはなにか？

「理解されっこない」ようなことに、
理解されるかもしれない「取っ手」を見つけて、
よその人に持たせてみる。

「悲しみ」を感じることは、どう言えばいいのかな、
幸福のひとつの要素なのかもしれません。
子どもを持って親になったとたんに、
子どもの中に「悲しみ」を見つけられるようになります。
そう、犬や猫のなかにも、「悲しみ」を見ます。
「かわいい」だけじゃなくなってしまうのです。
そんな困ったことになってからが、たのしいんですよね。

「ほめる人」という産婆のような役割がある。
「ほめる人」はほめることにけちであってはいけない。
「ほめる人」は、おもしろさや才能について、
うそやお世辞を言ってはいけない。

「どっちつかず」は、いけないこととされるけれど、
「どっちつかずじゃない」というのは、
判断をするほんの瞬間、のことなのではないでしょうか。
約束を守るとか、ひとつのことをやり続けるとかは、
「どっちつかず」の人間にもできるんですよ。

「咲くものは、咲く。まだなものは、まだ。」

なんでも横並びになることはないんだよね。

「咲くものは、咲く。まだなものは、まだ。」なんだ。

わかっていることは、とても少なくて、
そこに、もうちょっとわかることが加わると、
ものすごくうれしかったりします。
そして、それは同時に、わからないことの荒野を、
さらに拡大してくれやがったりもします。

銃を撃つときの、反作用の衝撃がもっと強く感じられたら、
人は引鉄を引くことを躊躇するのだろうか。
それとも勇気を誇示するかのように乱射するのか。
いや、言葉のはなしです。

ぎゅっと集中も大事でしょうが、ぼわっと漠然も大事だぜ。

わたしは「いてもいいんだ」という肯定感。
わたしは「いたほうがいいんだ」という歓び。
それは、じぶんひとりでは確かめにくいものだ。
「いてもいいよ」「いたほうがいいよ」という、
声や視線が、「誇り」を育ててくれるかもしれない。
懸命に勉強をして、じぶんが「いてもいい」ことを、
なんとかじぶんで探しだすことも、ありそうだけれど、
ひとりでやるより、誰かに手伝ってもらったほうがいい。

はじまりの用意は、はじまりじゃないですからね。
はじまりの用意ばかりしていると、
はじまらないくせがついてしまいます。

「からだたちは相談して、脳に休暇をあたえました」
というような書き出しの物語を、
ちょいと読んでみたいような気がする。

「トキのひな」っていう芸名、あってもいいんじゃないか。
若かったら、じぶんで付けたいくらいだ。

テーマは、問いのなかに入っています。

いい問いは、互いの世界を広げたり豊かにしてくれます。

「その問いを、待っていたのかもしれない」と、

答える者が感じるような問いは、きっといい問いです。

「前々から、漠然と思っていたんだけれど、
その日のテーマでもないと思って、話さなかった」
というようなことを、
それこそ、漠然と話すのがいいんですよね。

ちゅーりっぷ。

唐桑で見たチューリップ。
土台だけになってしまった家の
たぶん庭にあたるところに、
球根が残っていたんだろうな。
生きてるぞ、と咲いていたよ。

また。

また、あんずが来たよー。
犬は、あんずは食べません。
そして、あんずは、
ボールとはちがいます。
どうすることもありません。

どらごん。

おとうさんは、
ドラゴンと会ったよ。
こころのままに歩めと、
ドラゴンは言ったよ。
ま、そりゃそうだろうよ。

いつもよりはやめ。

おとうさんの、なにかの都合で、
いつもより早めに、
散歩をすることになりました。
犬としては、文句ありません。
行き道は、まだ明るくて、
帰り道は、ちょっと暗い。
そんな秋の日の散歩でした。

§

ぼくがエジプトのピラミッドの前に立ったとき。つまり、そのときというのは、ジョン・レノンが撃たれたというニュースをそこで聞いたのだから、1980年の12月のことだった。▼ピラミッドは、どうやってつくったのかが、じぶんの目で見てわかったような気がした。それまでのぼくの知識では、ピラミッドというのは、権力者がおおぜいの奴隷たちを苦しめながらつくらせたものだった。炎天下の砂漠のなかで、渇きや飢えで倒れる者を見殺しにしながら権力を見せつけるための建造物として、それは完成した。そんな描き方をした映画も、見ていた。▼しかし、ピラミッドの前に立って、それを見上げていると、そんな見方はちがうとわかる。当時の王に対しても、役人にも、庶民にも、ピラミッドという存在そのものに対しても、失礼な見方であったなぁと思った。権力とやらを振りまわして無理やりにつくれるものと、そんなふうにはつくれないものがある。それは、ピラミッドの前に立てば、誰にもわかる。▼あのときから、ぼくは「力」というものは、使うのにも維持するのにも、とても難しいものなのだと考えるようになった。暴力や脅迫のように無理な力を使ってできることは、ほんとうに少ししかない。「逆の例もあるじゃないか」という反対意見もわかる。でも、それは「防弾ガラスの高級車」で、周囲に注意を払いながら動いているような「強さ」だ。▼例外があるのは知っているけれど、あえて、そう言う。人は人を、力で屈服させ続けることはできないし、力で人を押さえつけた人間は、幸福にはなりえない。人が人をしばるって、ほんとに難しいものなんだよ。毎年12月には、よくピラミッドのことを思い出す。

§

「意を決して」なにかしたりすることがあります。決意の「スイッチ」

を入れるんですよね。苦手なことほど「スイッチ」が要るように思います。ふだんのようにしていたら、できないからです。▼たとえば、人のいる前で歌うということ。ぼくは、ほんとうに苦手でした。小学校のとき、順番に前に出て歌わされるとき、「あと何人でじぶんの番」と数えながら、震えるようにして待っていました。「どうぶつ病院」に連れていかれるときの犬みたいです。じぶんの番になっても、声なんか出なかったです。これは、その後も続きました。「カラオケ」というものが流行りだしたときも、「よし歌うぞ、歌ってやる、歌うとも！」という「スイッチ」を入れないと歌えませんでした。ただ、小学校のころとちがうのは、「スイッチ」を入れたら歌えるということです。▼おおぜいでわいわい騒ぐような場に参加するのも、ほんとうは得意じゃなかったです。奇声をあげたり、大笑いをしたりの輪の中に入るのには、やっぱり「スイッチ」が必要です。特に周囲がみんなお酒を飲んで酔っぱらっている場には、いまでも、そうとうでかい「スイッチ」が欲しいです。▼ただ、苦手なりにも経験がくりかえされると、「スイッチ」が軽くなっていくようです。かつては力のかぎりに押していた「スイッチ」も、軽く触れるだけみたいになっていきます。▼友だちが男と女になるのにも「スイッチ」があります。むつかしい交渉事の前にも「スイッチ」を入れます。旅行の前には「スイッチ」を入れることもあります。もしかしたら服装によっても「スイッチ」があるかな。▼「スイッチ」が軽くなったり要らなくなるのは、馴れてじょうずになっていることなのかもしれませんが、ときどきは「スイッチ」を意識するようなことがないと、人生が、ぴりっとしないような気がします。

§

「おもしろい」とか「好きだ」とか「うまい」とかいう感覚は、じぶんのものだ。「おもしろい」「好きだ」「うまい」は、じぶんで自由に決められるはずのものだ。だって、感じるのだから、感じたのだから。それが他の人びととおおいに違っていて、笑われたなら笑われればよい。同意を得たならば、それもそれでよい。しかし、ほんとうに自由に、それができている人は、あんまり多くない。（わたし）が「おもしろい」と感じて、（あなた）が「おもしろくない」と感じたとしたら、それは、たがいに「そっか」と思えばいいことだ。▼まわりが「おもしろい」と感じているかどうか、「おもしろい」の賛成がどれだけあって、それについての反対がどれだけあるかということと、（わたし）が（あなた）が、「おもしろい」と感じたということには、なんの関係もない。▼感じたことを知ったのは、感じたあとなのだ。▼（わたし）の「好きだ」は、誰にも奪われない。（あなた）の「うまい」は、誰にも否定されない。それは、（わたし）が、（わたし）であるということだ。（わたし）の顔が、腕が、胸が、息が、「ちがうよ」と言われることがないようにだ。（あなた）の「好きだ」が、（わたし）に大きな影響を与えてくれて、（わたし）の「好きだ」が変化するかもしれない。それはそれで、とても喜ばしいことだ。（わたし）の「好きだ」が、（あなた）の「好きだ」に、変化をもたらすことだって、きっとあるだろう。なかなかそれも、楽しいことだ。▼いま食った（うどん）が、うまいかまずいか。それを決めるくらいの自由は、捨てちゃいけない。

§

ひさしぶりにジャムを煮ていました。正確にはマーマレードですが、まぁ、ジャムです。いつもと同じようにつくるのも、進歩ないなぁと、けっこう長い時間考えていたのですが、いいアイディアもなく、とくに感じることもないままに、レモンをしぼったり、中のわたをそぎ落としたり、けっこうな力仕事をしてがんばったつもりになりました。細かく切るところだけ家人に手伝ってもらいましたが、何度も煮こぼしたり、併行してペクチン液をつくったり、じぶんでは一所懸命なつもりだったのです。▼いよいよ煮はじめるという段階になってから、下ゆでをもっとやっておけばよかったなぁと、気づいたのですが、もう遅いわけです。でもね、おいしければいいや、とは言うものの、レモンをくださった人に、完成品でお返しもしたいし、満足のいくものにしなきゃなぁと思い、ちょっといつもより煮る時間を増やそうとしました。新鮮さは失われるかもしれないけれど、ま、いいや。▼あくもすっかりなくなり、味もとろみもよくなって、ある程度完成が見えてきたあたりで、買い替えたばかりのMacBookの前にちょっと座った、と。そして、「あ、いけね」と鍋の前にもどったときには、透明だった煮汁の部分に、うすく色がついていて、レモンも少し老いたような色になっていました。焦げたというわけではなかったのですが、「アウト！」のほんの少しだけ手前という感じでした。食べてみたら大丈夫ではあるのですが、失敗です。▼目を離したのです、目だけでなく気を離したんですね。「どうせ、できるものさ」と慢心していたのです。そこで、はっと気づいたのでした。「慢心しているときというのは、行き詰まってるときだ」。今回のマーマレードを進化させることについて、まったくノーアイディアで、なんの試みもせず、いつものような出来上がりを、ゴールにしていたのです。じぶんにも、ジャムにも、なんの期待もしていなかった。つまりは、行き詰まり、それが慢心の理由だったんです。そのことだけでもわかったから、よしとしようかな。

§

「少年っぽい」という「ほめことば」があります。こう言われることを、よろこぶ人もいるかもしれないですが、それも、せめて30歳までじゃないかと思います。▼少年のようだと思われている瑞々しい感性も、少年のようだということになっている純粋な心も、実はおとなの男は、冷凍庫にしまってあります。▼しまいこまないで出しておけばいい、と思われるかもしれませんが、そうはいかない。下唇を血が出るほど噛みしめ、わなわな震えているような心のままでは、じぶんが生きていけないだけではなく、他の誰かの食いものを取りに行くこともできません。生きていくということは、すり傷切り傷、打撲に打身、できものに腹痛、風邪に頭痛……ひっきりなしですから。「んなものは、へっちゃらだ」というような強がりや、笑われるような鈍感さへの修練が必要なのです。▼このごろの女性なら膝を打ってくれるかもしれませんが、おとなになって、じぶんの足で立つということは、「おやじの技術」を身につけることでもあります。だからって、無礼とか傲岸になるのとはちがいます。じぶんのなかの感じすぎる心を、「ああ、これは感じすぎている」と知って生きること。純粋さをコントロールすることだと思うのです。▼それなりの年齢になっても「少年っぽい」と言われることは、心の震えが見透かされているということでもあります。まだまだ、誰かに「つかまり立ち」していたいんだな、というふうに見えているのだと思うのです。いや、そのほうが母性をくすぐるから、と、計算ずくで「少年っぽい」のまま生きようとする人もいるだろうけれど、ぼくは、それはほめられたことじゃないと思う。考えようによっては、「ロックだね」とかっていうのも、似ているような気がするんですけどね。少年の活躍の場は、ひとりのときにこそ、あるんだよ。

§

『はじめてのおつかい』というテレビ番組で、ぼくがいちばん泣けるのは、「がまんするお兄ちゃん」です。▼弟や妹と、お兄ちゃんの経験のちがいなんて、よくよく考えてみたら、それほどはないわけです。でも、同じように不安な状況にあっても、お兄ちゃんは、お兄ちゃんであるという理由で、しっかりしなきゃいけないいんですよね。荷物は重いし、犬は頼まれたことは忘れやすいし、犬は吠えるし道はわからなくなっちゃうし、しかもさっきまで楽しそうに歌なんか歌ってた弟は、「怖いよ」だの「疲れたよ」だのと不平を言い出すし、もう歩けないと座り込んだりもするんですよね。▼お兄ちゃんは、弟を励ましているうちに、どうにもならない壁にぶつかってしまうことがあって、ついに涙があふれてきて、声をあげて泣き出したりする。でも、その直前までは、たしかにがまんしていたんです。そのこと、おじさんは、見ていたよと言ってやりたい。▼弟（や妹）がいけないとは言わないけれど、お兄ちゃん（やお姉ちゃん）だって、ほんとは不安を抱えているし、疲れたりもするし、泣き出してしまったらどれほどラクか知ってます。だけど、そうしたら「まっしろ」になっちゃうんです。だから、おぼろげな記憶やら、一滴ほどの勇気やらをふりしぼって、片足ずつ前へ出して進んでいるんですよね。▼「こんなおつかいを頼んだおかあさんがわるい」とか、「疲れてもう歩けないよ」とか、言わないんです。お兄ちゃんは、泣き出す直前まで、ほんとにがんばって、ありったけの力を出して歩いていたんです。▼ぼくは、どうも、「大人」というのは、お兄ちゃんの大きくなったものだと思っています。弟のままでも「大人」になることはできますが、それでも、おとうさんというお兄ちゃんになります。今日も大人は、大人のおつかいをしていますよね。

つもってた。

夜中のうちに、
雪はちょっとずつ増えていて、
こんなに積もっていました。
犬は、ふつうによろこんで、
ふつうに寒がって、
うんをして家にもどりました。
よかったです。

おはなみ。

視線を下に落とすお花見は、
犬には、とても都合がいい。
目の前が満開です。
地面から芽吹いている若葉と、
はらはら落ちてくる花びらの、
微妙なコントラストを
楽しみます。

やっぱり。

やっぱり、京都だったのか。
人間のおかあさんは、
しょうがの伸び具合だとか、
山椒の実のつき方だとかを
チェックしています。
犬は、足が汚れるので家にいます。

こうよう。

色づいた葉っぱは、
すっかり落ちていました。
地面を見ていたほうが「紅葉」です。
ちょっと早かったんじゃなくて、
ちょっと遅かったのかもしれない。

犬でも、おれでも、歩かなきゃ、当たらない。
足だ、足が動いていることが大事だ。
さまざまな経験を重ねるほど、そう思います。
「棒に当たって、どうするの?」
棒といっしょに、歩き出す。
そしたら、また別の棒に当たるでしょうし、
近所の棒が向こうからやってくるかもしれません。

花と団子と、犬と星。

犬も、他の動物たちも、しゃべれないからこそ、
こちらが想像してやらなくちゃなぁ、と思います。
病気だとかのときには、どこがどう痛いとか、
訴えてくれたらどれだけラクだろうかとも思います。
でもね、しゃべれない犬がしゃべってくれることよりも、
しゃべれない犬とつきあえる人間になることのほうが、
ぼくらのできることだし、
それでいいじゃないかと考えるようになりました。
人間のことばをしゃべれない犬と、
人間のことばを使わずにつきあうこともあります。
そういう方法だってあるんだよ、ということを、
黙っている犬は、教えてくれます。

無口な動物を見てるのは、いい本を読むのに勝る。

犬がね、ボールを投げてもらうときに、
手を放れる前に、予測落下地点に向かって走り出すんです。
つまりは、犬って、予測しているんです。
言いようによっては、未来に向かって駆け出してるんです。
それを見ていてね、ぼくらがボールを投げるときに、
どっちに向かって飛んでいくかについては、
ボールが手を放れる直前までの腕の動きのなかに、
「答え」が入っているんだなぁと思ったわけです。

風呂上がりの午後。
風にまぎれて秋が忍び込んでいたので、
犬に吠えさせて追い出してやった。

『眠っている　ということ』

眠っている　屋根の下で　眠っている
屋根の上に　雨が降り注いでいるかもしれない

眠っている　家のなかで　ふとんの上で
いいのかい　そのまま眠っても
誰かが　見張っているのかい
襲いかかる敵は　いないのかい

眠っている　からだを横たえて
眠っている　寒さに震えることもなく
ひもじさもなく　痛むからだもない

眠っている人　眠っている犬

夜は　やさしいままでいる
風の音に　脅えることもない

眠っている　なんてうれしいこと
眠っている　このうえないご馳走

寝息は　すばらしい
横たわった胸や　腹が　動いている
夢だって　みてもいいんだ
それは　疑いなく　眠るものの眠り

わたしの眠りは　わたしのもの
あなたの眠りは　あなたのもの
犬の眠りは　犬のもの

（おやすみなさい　ありがとう）

いそがしいこと。

世の中の、忙しいおとうさんは、
子どもの寝顔しか見てないとか、
そういうことを言われますが、
犬のところでも、ちょっと似ています。
どうしても、寝顔が多くなっています。
しょうがないと思います。

いどう。

おとうさんも仕事で移動するけれど、
犬も、寝てる場所を移動しました。
いちばん居心地のいい場所を、
犬はいつでも探しています。
いまは、ここがいいから、ここ。
ここから、行ってらっしゃいします。

はろうぃん。

なんだか、毎年、この日には、
夜になるとこの橋にやってきます。
これまで、空を飛ぶ人とか、
ひっひっひと笑う人だとか、
いろんな人にあいました。
今年は、野球を観たい人と
速足で歩いたのでした。

こうよう。

犬たちは、
まだ明るいうちに、
紅葉を見に行くことにした。
あちこち、赤いし、
そこここが、黄色い。

先日、ひとりで動物園に行ったとき、
しばらく「ゴリラとわたし」の
水入らずを味わいました。
そのときの話をすると、ぼくの友人たちは、
けっこうよろこんで、いいなぁと言ってくれます。
ぼくも、いまになっても、
よかったなぁと思い出します。

ものすごく顔のでかいゴリラは、少し怖いのです。
からだが、大きいだけでなく、迫力があるのです。
「少し怖いぞ」と、ぼくはゴリラに言いました。
ことばが通じようが通じるまいが、
正直に言っておいたほうがいいと思ったからです。

それでも、時間にして5分くらいだったかな、
頑丈なガラスが間にあったとはいえ、
すぐ近くにゴリラがいて、
外は雪が降っていたのでした。

あの経験、またやってみたいなぁと思います。
オランウータンは、
バリで抱っこしたことがあります。
チンパンジーも、近くで見たことあります。
でも、ゴリラとひとつの場所で、
しんみりといた時間は、
また、格別なものがあります。
強大な「スター」っていうか、ゴリラって、

人間にとっての、なにかすごいものなんですね、
きっと。
人類の遠い先祖が、
ゴリラとどんな関係でいたのかなぁ。
そのころの記憶が人間の体内に
刻まれてるんでしょうね。

前に、クジラを見たときにも、
なにかとんでもないものに遭ったという気がしたなぁ。
これはアメリカ西海岸の海で
ロケをしてるときでした。
「UFOを見たという感じ」と、
ぼくは言いましたっけ。

この感覚は、ぼくが感じたものというよりも、
「人間」というものが
感じたんじゃないかと思います。

そういえば、まったくちがうものだけれど、
富士山が見えたときの「うわぁ……」という感覚も、
ぼく個人の感覚というよりも、「人間」としての
畏れとか敬意のようなものかもしれません。
昔の人が、富士山を信仰の対象にしたことは、
わりと素直に「そうだろうな」と理解できます。
「ぼく」とか「あなた」とかが、個人としてでなく、
「人間」としての思い出を抱えてるって、
いいですねぇ。

くさをたべる。

ブイちゃん、おとうさんは、今日、
動物園に行ってきたのでした。
ゴリラをじっと見てきました。
ゴリラ、草を食べていました。
まじめでした、ゴリラも。

わるいゆめ。

ブイちゃん、たまに、
夢をみてうなされてるね。
「きゅいーん」って鳴いてさ。
そういうときのために、
この動物を紹介するよ。
バクっていうんだよ。
わるい夢を食べちゃうんだってさ。

カラスって、いつか、
人間にとっての「犬」みたいな仲間になる
可能性があるんじゃなかろうか。

世の価値観のなかで、「きれい」と決められた花の名や、
「いい」と決まっていることばを選んで、
「きれい」や「いい」を生きていくのは、
大滝秀治風に言えば「ほんとうにつまらん」ことです。

人間の近くにいる動物のなかで、
牛は、もっともなにかを我慢してきた動物だ。
牛は、ほんとうは強い。
犬や猫など問題にならないくらい強い。
そして、人間なんかよりもずっと強い。
それなのに、労働を差し出し、乳を差し出し、
肉や皮までも人間に貢いでいる。

なぜ、牛は、そこまで我慢をしているのか。
家畜として飼いならされると、
ここまで無抵抗で従順になってしまうものなのか。
牛は、牛たちとして群れても、やはり我慢している。
適当な柵をこわして逃げることもなく、
牛たちで相談して土煙あげて走り出すこともなく、

もぐもぐと草を食み、四つの胃で反芻して暮らす。

牛は、怒りを溜めては子孫に渡しているのだろうか。
牛の怒りは、乳に混ぜて人に飲ませているのか。
牛は、あきらめたような牛の目で青空を見ている。
牛の人を見る目には、なんの疑いもありはしない。

そして、牛はうまい。
そして、牛はすこし大事にされている。
うぇるだん、みでぃあむ、みでぃあむれあ、れあ。
人においしくしてもらったことを、
牛は感謝すらしているのかもしれない。
犬にも、猫にも、牛の気持ちは理解されてないらしい。

子どものころのことを、ふと思い出した。
大人がものを食べているところを見るのは、
ちょっと動物っぽい怖い感じもあって
不思議におもしろかった。
なんだろう、あの感じ。

ずいぶん昔のことですが、娘が小さいときに、
「お土産は、ないよ」と言ったら、
「かわいい葉っぱとか石とかでもよかった……」と、
ずいぶん切なそうに言われたことがありました。
これは、ちょっとなるほどと思ったものでした。

中学生くらいのときだったっけなぁ。
学校の成績が気持ちよく下がっていたときに、
父が、ぼんやりした口調で言いました。
「馬を水のところに連れてっても、のどが渇いてなきゃ飲まないからなぁ」と。
中学生のぼくは、「そう。その通りだ」と思いました。

そうだ、ぼくは勉強したいと思わないんだから、勉強することはないだろう。
まるで他人事のように、納得していました。
なんだか、ほんとのことを聞いちゃったような気がして、
ある意味、さみしいような気持ちにもなりました。
「勉強しろ勉強しろ」と言われるほうが、
かまってもらえているように思えたりもしました。
あきらめられてるのか、いつかくる日が待たれているのか、
どっちだったのか、いまだにわかりません。

でも、それから、ぼくは勉強はしなかったけれど、
知りたいことを知ろうとすることはあったし、
知ることへの興味も失いはしなかったと思います。

「勉強じゃなく、仕事」になってからは、
ぼくという馬でさえ、よくのどが渇きました。
水をごくごく飲んでいることも多いです。
でも、いまも、勉強しているような気はしていません。

父の、ぼくへの教育は、うまくいったのでしょうか。
それとも、失敗したんでしょうか。
ぼくには、いまだにわかりません。
ただ、「勉強しろ」にしても「仕事しろ」にしても、
似たようなところがあるなぁと思うんです。
それが、「したいこと」になったら、「やめろ」と言われてもしちゃうんですよね。
それが、つらかろうが、危なかろうが、苦しかろうが、
やっちゃうものなんだよなぁ。
そういうことだけは、感じています。

こんな話を、父が生きているうちに、
ちょっとでもしてみたらよかったのにねぇ。
そういうことも、ちらっと思ったりもしてます。

やみくもに変わろうとするな、君よ。いいところもあるのに。

お世辞も含めて、面と向かって人にほめられたとき、
どういう返事をしていいか、定型文ってなかったよね。
それ、今日つくったよ。

ありがとうございます。
（そのおことばを）励みにします。（にこっ）

だ。

なめるな。

じぶんが、なにとなにを、なめているか？
それを、とにかくチェックすることが大事だと、
そう思ったのです。

攻撃型の選手が、「守備をなめてないか」
都会で育った人が、「地方をなめてないか」
おとなは、「こどもをなめてないか」
不良少年は、「不良じゃない子をなめてないか」
先進国の人々は、「開発途上国の人をなめてないか」
忙しそうに働きまくる人は、「休息をなめてないか」
男は、「女をなめてないか」、またはその逆。
感情は、「論理をなめてないか」
というふうに考えていくと、
あんがい、人はなめてばかりいるように思いませんか。

金をなめてないか、貧乏をなめてないか、
運動をなめてないか、病気をなめてないか、
地震をなめてないか、津波をなめてないか、
テレビをなめてないか、新聞をなめてないか、
インターネットをなめてないか、個人をなめてないか、
お笑いをなめてないか、イケメンをなめてないか、
歴史をなめてないか、チンパンジーをなめてないか、
微量元素をなめてないか、肥満をなめてないか……。
ほんとに、なめてることは多いと思いますよー。

そしてそして、他の人をなめてないか。
特に、敵をなめてないか。
さらに、大問題は、じぶん自身をなめてないか。
どうでしょうか？　ぼくは、正直言って、
それなりにいろいろ、なめていたように思います。
気をつけるようにしてから、やや、なめなくなりました。
ほんとに、なめることの弊害は、なめちゃだめですよね。

ぼくは、「みんなが大学に行ける社会」が
それだけでいい社会だとは思わない。
それよりも「大学や学びが、街や暮らしのなかに
ばらまかれている社会、練りこまれている社会」
がいい社会だと思う。

実は社会って、学校より窮屈じゃなかったんだ。
学校を「卒業」して、社会に出るってことを、
どうしてあんなに怖れていたんだろうなぁ。
ほんとうに、学校より、むしろ社会のほうが
ずっと自由度が高いんだよ。
よし、おじさんとして言っておいてやろう……
「卒業おめでとう。社会はおもしろいぞーっ！」

知っていることの少なさを、
恥ずかしがるのでもなく、
なにがわるい、と開き直るのでもなく、
まっすぐわかっているようになりたいと思います。
ほんとうに、まっすぐに、
知ってることの少なさを知ることができたら、
重いからだが宙に浮くくらい、軽くなれるでしょう。
軽くなりたいです。

毎日「たのしみ」のある人は、明日が好きになれる。
いまのぼくや、ぼくらは、
じぶんたちに「やるべきこと」ばかりやらせていて、
「たのしみ」をつくっていないのかもしれません。
ビールの大好きな人が、
夕暮れどきにビールについて語るような顔で、
ぼくらは、もっと「たのしみ」を見つけましょうか。

ながおか。

ブイちゃん元気ですか。
ブイちゃんにはだまってましたが、
おとうさんたちは、
花火を見にきているんです。
始まる前に、お弁当を食べます。
ブイちゃんも、お弁当食べてね。

たんごのせっくへ。
東京の空と地上。
花や緑は見えなくても、
これはこれで、
なかなかすてきな景色だ。
大きな幻の鯉幟を、
棚引かせてみたい端午の節句。

「『頼まれた仕事』は、じぶんのほうから
『頼んだ仕事』に変換できたら引き受ける。」
この原則は、ほんとにいいものです。
ただ、「頼んだ仕事」であるだけに、責任は何倍にもなります。

よろこぶべきか悲しむべきか、
「手をかけた仕事ほど、だいたいは、よくなる」んです。

「やってよかった」と思えるようなミーティングをする。
これだけだと思うんですよ。
無駄に見える会議だって、冗談ばかりの会議だって、
まったくかまわないはずです。
それで、最後に「やってよかった」と言いあえるならね。

「やりかけ」の山積みも、アイディアの元なんですよね。

「最終的にはできる」と思っている人と、
「できないかもしれない」と思っている人とでは、
結果がちがうんです、おそらくね。
「最終的にはできる」とは、どういう気持ちなのか?
「いまはまだできてない」けれど、
「できてよかったな」と喜びあっている状況が、
なんとはなしに感じられているってことなんです。

つまらなく言えば「あきらめてない」なんだけど、
もっと「うれしい」感じが、視線の先にあるんだよ。
だから、どんなにアイディアが出ないというときでも、
あんまり苦しくないんです。
「最終的にできる」瞬間に、出合えるのが楽しみなんです。

テレビだけじゃなくコンテンツに関わる人たちは、
へんな強迫観念があるのかもしれません、
「笑わせなきゃいけない・感心させなきゃいけない」と。
どっちでもないけど、観てよかったってことあるんだよ。

ひとりで考えていても、おおぜいで考えていても、
『いいこと考えた！』がないと、広がったり転がったりしないんです。
「こういうのは、どうでしょう」というのは、
そこにある資料だとか、ヒントみたいなものから、
「そうそう」「そういうことかなぁ」というふうに見えてくるものです。
でも、そんなのは、誰でも見えるに決まってる。
xとyを見つける連立方程式みたいなものですから。
でも、『いいこと考えた！』は、
ぜんぜんちがうところに見つかっちゃう答えなんです。
周囲も「そうそう」じゃなくて、「そう来たか！」です。

『いいこと考えた！』は、奇をてらっているのとはちがいます。
変わったことを言ってやろうというような意図は、
周りにも、じぶんの心にもバレちゃうものです。
『いいこと考えた！』は、あんがい受け身だったりして、
苦し紛れに出てくることもあるし、
逃げ道を探してて見えてくることもあります。

でも、それなりに自然体なのです。

で、どうやったら**『いいこと考えた！』**が見つかるか。

……わからないです、あはは。

笑っちゃいけないんですけどね、ほんとにわからない。

出るまで待つか、出てこないまま宿題にするかです。

ただ、はっきりとした「方法」はあるんです。

「いいこと」じゃないいいことを考えたときに、

「そんなんじゃない」と、ちゃんと捨てることです。

アイディアは、真剣に考えていれば、いつかは出てくる。

でも、アイディアと言えないもので間に合わせていると、

もう生まれなくなってしまうんですよね。

以上、もちろんじぶん自身に言っておりますが、

『いいこと考えた！』と言えるのは、

「いいこと考えた」ときだけです。

チームプレイが大事になっているのは、
よくわかります。
個人でできることは、
ほんとうに限られてきています。
だから、チームとして動いていく。
そして、そこには
チームとしてのルールが大事になる。
だけど、だからといって、
個人が死んじゃダメなんです。

ほんとうに個人として大切にしたいことは、
ルールを逸脱してでも、
やろうとしなきゃいけないです。
チームの代表の立場で言うのは、
妙かもしれないけど、
個人の思い、個人の必死の欲望、個人の動機、
そういうものがふわふわと消えちゃったら、
それを支えるはずの組織も
煙のようになっちゃいます。
ひとりの人間として、どう生きたいのか、
なにを大切にしたいのか、どこに向かっていくのか。
それを考え、それを強く大きくしていくことと、
他の仲間たちから頼られることは、
一致すると思います。

「じぶんのリーダーは、じぶんです」。そして、
リーダーたちの力を合わせるのが
チームだと思ってます。

考え無しの努力をするくらいなら、意識的に休息ですよね。

いまがっくりすることは、
過去にやったことのせい。
いまよろこんでいるのは、
過去にやったことのおかげ。
とてもあたりまえのことなのですが、
ぼくは、最近まで気づいてなかった。

トマトを収穫している人は、
過去にトマトの苗を植えて、
面倒みてきた人です。
秋に稲刈りをしているのは、
米を育ててきた人です。
唐突にトマトは実らないし、
いま収穫している米はずいぶん前に植えた苗です。

つまりは、また植えないと、次の収穫はない。

努力と収穫の間に、時差があるんですよね。
がんばっている最中には、実りは目に見えない。
そういう意味では、
冬って寒いし、体調くずすし、
正月ぼけもあるし、年の終わりや期の終わりもあるし、
ついつい「ぼーっとしちゃう」ことが多いんです。
クマだって冬眠するし、とか言っちゃってね。
でもね、その季節になんにもしてなかったりすると、
春や夏に「収穫がないぞ?」とおおあわてになります。

「あんぱん」「カツ丼」「ポストイット」
「どうなったらうれしいか？」を、まず思いつくことが、
すべての出発になるんじゃないかなぁ。

お願いして、やってもらえること。
お願いして、やってもらえること。
お願いして、やってもらえること……と続くと、どうなるか。
やってもらえなくなるのが普通だろうよ。
じゃどうするか？
最初からそれを考えるのが「おとなの仕事」というものだ。

「広告は、商品のなかに練りこまれていく。
そういう進化になるから、これまでの広告技術よりも、
もっとずっとユーザーに近い視点が必要になる」
——出さなかった『最後の広告論』より。

「働く」ということばは、
実は、なんにも意味していません。
「働く」の絵を描いてごらんと言われたら、描けますか?
「働く(work)」って、
「する(do)」に近いくらい見えないことばです。

ぼくらは、「働く」あるいは「仕事する」ということで、
「だれかがよろこんでくれる」ことが好きなのです。
ぼくらは、「働く」「仕事する」ことで、
ごほうび(むろんお金も)がもらえるのが好きです。
ぼくらは、「働く」「仕事する」ことで、
じぶんが、なにか上手になることが好きなんですよね。

「働く」ことで、だれもよろこんでくれず、

ごほうびももらえず、なんの可能性も増えないとしたら、
やっぱり「働く」ことは続きにくいでしょう。
いくら「働きもの」だとしても、
「働く」ことの先にある「よろこび」があるから、
努力もがまんもできるし、疲れても続けられるのです。

ぼくは、じぶんもそうなので、
人間は「働く」ことそのものを好きじゃない、と思って、
いろんな計画を進めることにしています。
人間は、「よろこぶこと」が好きなだけです。
いろんな人がよろこんでくれたり、ごほうびもらったり、
ずいぶんといろんなことができるようになったりね、
「働く」の向こう側には、そういうことがあるんです。

仮にだ、ぼくが「自転車」を発明したとします。

「ねぇ、みんな聞いてくれ。これを、ぼくは自転車と名付けてさ、大々的に売り出そうと思うんだよ、すごいだろ」

そうすると、すぐに言われるんだ。

「乗れないですよ、それ。どれだけ便利かはわかりましたけど、乗れるまでに買ってくれた人は転んだりします。ケガした場合には、かなり問題になりますよね。頭打ったら死に至るかもしれません」

「いやいや。ちょっと練習したら乗れると思うんだよ」

「ちょっとやそっとじゃ乗れませんよ。それに、誰が教えるんですか、乗り方、運転の仕方」

「そうかなぁ。マニュアルをしっかりつくってさ……」

「マニュアルを読みこまなきゃならないようなもの、絶対に受け入れられませんって！顧客に試練を強いるような不親切な商品は、ダメです」

……というようなことに、なるような気もします。

仮にぼくが「ピアノ」を考えたとしても、
「えーーっっ！　十本の指をばらばらに使って、
　これを操作しろっていうことですよね？」
という大反対意見が出てくるだろうと思います。
「ギター」でも「将棋」でも同じでしょうね。

そして、ここまで「ぼくが」と言ってきましたけれど、
「あなたが」と主語を替えてもいいです、むろん。
そしたら、「自転車」や「ピアノ」のことを、
難しすぎると言って反対する役割は、
ぼくが勇んでやっていたという可能性は大です。
自慢じゃないけど、ぼくはそういうことを言います。

昔の人は、もっと「ユーザー」を信じてたんじゃない？
十本の指をばらばら使いまくってピアノを弾くよ、人は。
二輪の、止まれば倒れる自転車に練習して乗る、人は。
これ、けっこう大きな問題のような気がしています。

「リーダー論」が流行している時代って、
「大保留の時代」ってことですよね、きっと。

チームに「変わんなきゃいけない」と言いたいときっていうのは、
じぶんがまず変わってなきゃいけないんだぜ〜。
じぶんがハンパにしか変われてないから、
「変わろう」が伝わらないのだぜぇ〜。

「ほぼ日」の仕事のやり方というのは、
3つのことが
循環しているイメージで、続いています。

クリエイティブの3つの輪

1つが「動機（思う）」というものです。
これは、ビジョンと言っても、
アイディアと言ってもいいかもしれませんが、
「動機」がいちばんしっくりくるのです。
つまり、「どういうことがやりたいか」、これが起点になります。

2つめに、「実行（できる）」があります。
一般的に仕事をするというのは、ここの部分です。
目に見えなかった「動機」を、かたちにしていく。
頭やこころのなかにあったものが、
現実になっていくのは、ここです。
「製品になる」と言われているようなことです。
でも、ここはスタートではなく、引き継ぎの場面です。
「どうするか、どうできるか」の段階です。

3つめは、「集合（集まる）」と言っています。

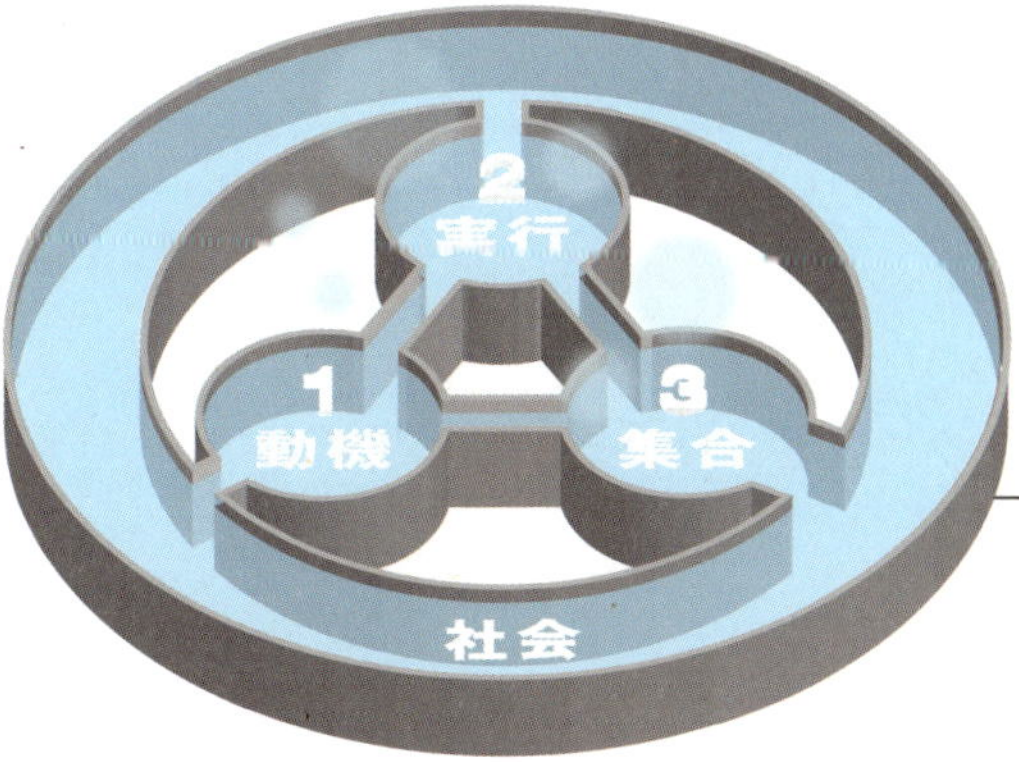

そんな言い方があるのか知りませんけれど、
いわば「市場化」するという場面です。
できたものが、人を引き寄せ、気持ちを引き寄せ、
さらに「できたもの」に価値や評価が乗っていく。
仕事は、ここでやっと「かたち」になるわけです。
買われる、使われる、知らされる、ということです。
そして、この3番目の段階は、1つめの「動機」の材料でもあります。
とにもかくにも、循環していくことが大事なのです。

3つのどの段階にも、必ず困難があります。
でも、どこが欠けても循環は成り立たないと思うのです。
循環しないものは、ちゃんと続きません。
小さくても、かっこわるくても、
「動機」と「実行」と「集合」の3つの輪が、
くるんくるんと回転してくれるようなことだけが、
この地に根付いてくれるんだと、意を新たにしています。

公園のベンチの人のように、隣り合わせに座って、
ちょっと遠くに目をやりながら、
「こういうのはどうだろう」と話を続けるような方法。

「いっそ、さぁ」と言いだすときが、なんかのはじまり。

みずたま。
ブイちゃん、留守番ごくろうさん。
おとうさんたちは、
ラーメンを食べに行きました。
その帰り、人間のおかあさんが、
引きつけられるように、
水玉さんのほうに近づきました。

きゃんぺーん。

おとうさんの買った
『本人伝説』が届きました。
犬は、私設キャンペーン犬として、
ご協力することになりました。
人間ばかりでなく、犬も大笑い。
『本人伝説』をよろしくお願いします。

ぼくが、ほとんど知られていない若い人だった時代に、
あんまり目立たない場にひっそり書かせてもらった
原稿用紙一枚くらいの文章を、
「和田誠さんがほめてくれた」と
知ったことがあったのです。
それは、湯村輝彦さんに聞いたのだったか、
なにかで読んだのだったか、忘れてしまいましたが、
それはそれは、うれしかったことなのです。
それを知ったすぐあとに、お会いする機会もあって、
「あれは、よかったね」と、直接言ってもらいました。

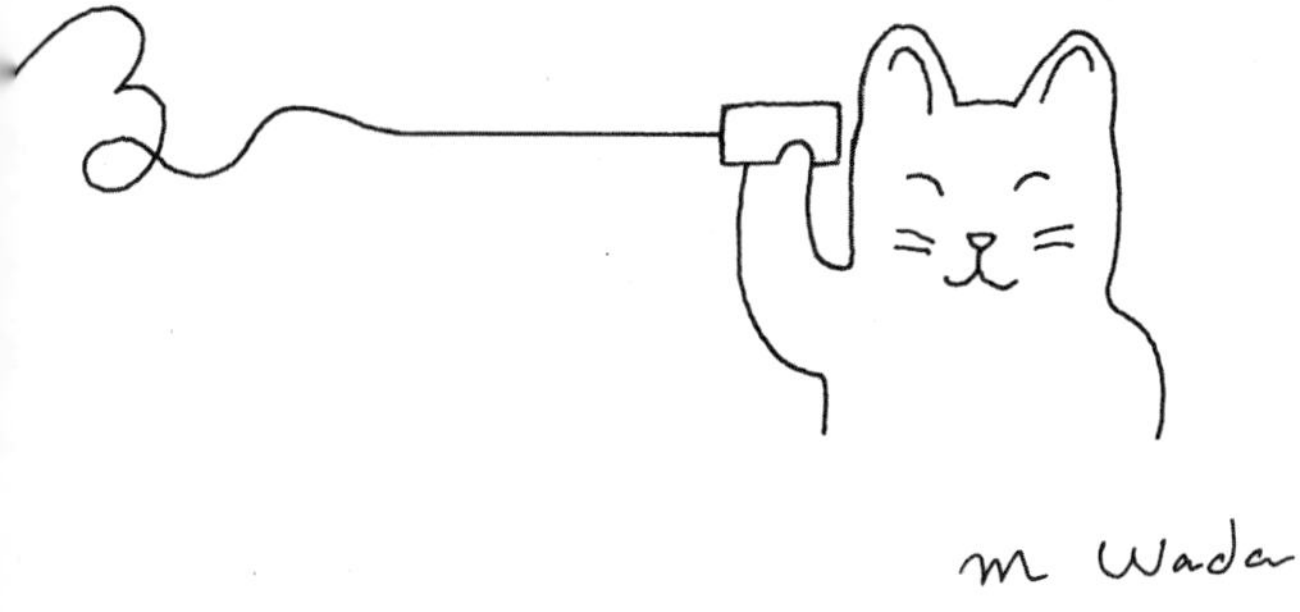

いま思い起こせば、それは、
そのことで人生が変わってしまうようなことでした。
ほめられたぼくは、六十いくつになり、
ほめてくれた和田さんはそのひと回り上。
そんな歳になっていますが、和田さんは言いました。
「おれも、そんなふうにほめられたことがあった」
若い和田さんをほめてくれた人がいたのだそうです。
そういうくりかえしが、あって、
それは、とても大事なことをやっているんですね。

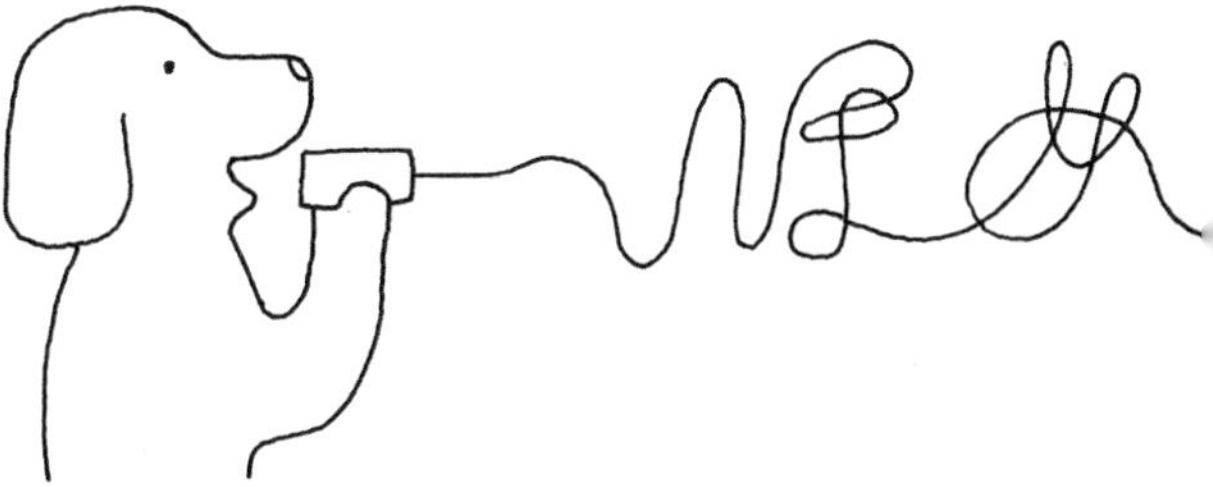

明石家さんまさんの新弟子時代、掃除をしていたところに
笑福亭松之助師匠が「掃除はおもろいか？」と訊いた。
さんまさんは「おもろないです」と答えたそうです。
そしたら、松之助師匠は
「そうやろ。そやから、おもろぅするんや」と言ったと。
この逸話、ぼくは大好きなんです。

三國万里子さんの創作する編みものって、
最初にイメージ画があるわけじゃないんですよね。
編みながらイメージができていくというのです。
おそらく「できていく」と「つくっていく」が、
混じり合った感覚じゃないかと想像するのです。
意図したわけでないので「できていく」ことがあって、
それが「つくっていく」の案内をしてくれる。

おつかれさま。
ブイちゃん元気ですか。
おとうさんは、いま、
みうらじゅんさんと、
清水ミチコさんの
打ち上げにいるんですよ。
もうじき、帰りますからねー。

ブイちゃん

昭和生まれの大人ってね。
皆ブイサインが好きなんだよ。
ブイちゃん、できる？

MICHIKO・SHIMIZU

そもそも打ち上げたいために
長年イベントをしてきた僕は、
この夜のツゥー、ビッグな客人
来訪に狂喜した。それも全て
ミッちゃんのお陰なんだけどネ。

みうらじゅん

矢野顕子のやることは、人を解き放とうとするんだよ。
ばかみたいなものでも、幼いものでも、
解き放たれると美しく輝くものなんだよ。
そのへんの思いが、ぼくの思いと重なるので、
ずっと共作が続いているんだろうなぁ。

岡本太郎は「芸術は爆発だ。」だけれど、
横尾忠則は「芸術は恋愛だ。」と。そうかぁ！

言い方はむつかしいんだけど、
ぼくにとって矢沢永吉も、編みものの三國万里子も、
ビートルズも、ブイヨンも、同じなんだよ。
「憧れ」のひとつのかたちなんだ。

作・三國万里子

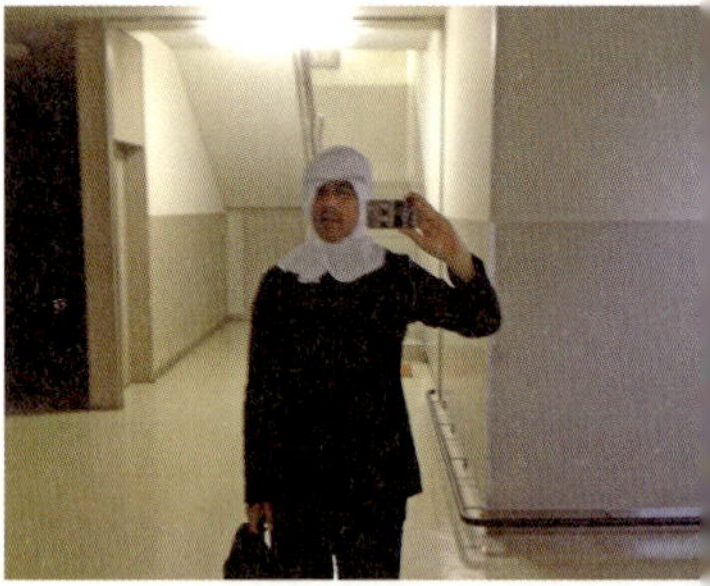

JR
福島駅

ひがしずむまえ。

今日はおとうさんたちの都合で、
ちょっと早めの散歩です。
お日さまが沈む前は、
影が長くなっておもしろいです。
ごはんも早めにすませて、
夜になったら、大文字です。
犬も、大文字を見ます。
ビールはのみません。

14ばんめ。

ユーミンのおかげで、
「14番目の月」は、
大切に考えられるようになった。
15番目の満月の、
ひとつ手前に過ぎなかったけど、
いまは、堂々の14番目の月だ。

雪道を帰って来てから、
まだ一度も、窓の外を見ていない。
いつの間にか積もっていたとか、
知らぬ間に雨に変わってすっかりとけていたとか、
変化に驚きたいという理由で。

この日も、この日の分だけ「思い出」ができている。

夢は、ほらに似ていて。
ほらは、うそに似ていて。
うそは、悲しみに似ていて。
悲しみは、夢に似ている。
どれも、ぜんぶちがうはずなのに。

さんざんじぶんの自慢をする
「100万回生きたねこ」に対して、
白いねこは、「そう。」とだけ言うんだよね。
もうひとことが「ええ。」だった。

『夢としての野良猫。』

たしかに、だれにも飼われていない猫は、
いまもいるのだけれど、それは夢としての猫だ。

夢としての野良猫。
雨に濡れることも自由。
食べものにありつくことも自由。
戦って傷だらけになることも自由。
恋をしてこどもをつくることも自由。
クルマにひかれて
道路のまんなかで平らになることも自由。
人間たちに敵愾心を抱くことも自由。

夢としての野良猫。
しかし、夢のように猫は生きていても、
人と街は、夢のようには生きてはいない。
猫たちは、母のように夢を包み込んでくれる現実に、
保護されて暮らすことになった。

猫たちは、感謝をおぼえ、空腹を忘れた。

それでも、夢としての野良猫が街を走っている。
夢としての野良猫が、食べものを奪い、
人たちを睨みつけ、激しく恋をし、争っている。
憐れむものに牙を見せ、救おうとするものから逃げる。
それは、まるで夢のような存在だ。
それは儚く消えそうな小さな赤い炎だ。

夢としての猫がいることで、
街は夢のいる場所を保っているのだけれど、
いつまでもこのままであるとも思えない。

野良猫に憧れるんですよなんて、
弱々しい青年が言ったとさ。
クルマにひかれて平らになるって覚悟もないのに、
ことばとしての夢だけを追いかけている。
夢としての野良猫は、人たちの目を盗み、
塀に爪をかけ、なにかから逃げている。
夢としての人間は、なにをしているのだろうか。

ひさしぶりに聴いたんだけど、

『雪の降る街を』は、

ほんとうにさみしくなる歌だ。

小学校に入学する前から、ずうっとさみしい。

『冬の星座』も、
『雪の降る街を』ほどじゃないけど、きゅんとくる。
名も知らぬ遠き島より……
『椰子の実』もさみしいなぁ。
『わたしのさみしい歌』という
アルバムが出たら
買っちゃうな……
好きなのか、さみしい歌が。

へんないきもの。

横尾香央留さんの展覧会で
人間のおかあさんがたのんでいた、
「へんないきもの」がやってきた。
胴体のなかに顔が入っていて、
ゴミかと思って引きだすと、
顔になっているんだよねー。

〈こわい・おかし・かわいい・おまもり〉

花壇のヘリに腰掛け 靴先で軽くはらった
足下のゴミをじっとみつめる
しゃべった…しゃべっている…

小さく低い声で
助けてくれとか 出してくれとか
生死に関わりそうなことを訴えている

え…あぁ…はい…
気のない返事をしながら
セーターの袖口を指先まで伸ばし
声の主を拾い上げる
あまり素手では触りたくない

袋の口からはみ出た 毛みたいなものを
ツメ先でひっぱってみると
その先の生命体が小さなうめき声を上げ
身を縮めるのがわかった

あぁ やだな きもちわるい…
こんなことなら昨日
ツメなんか切らなきゃよかった

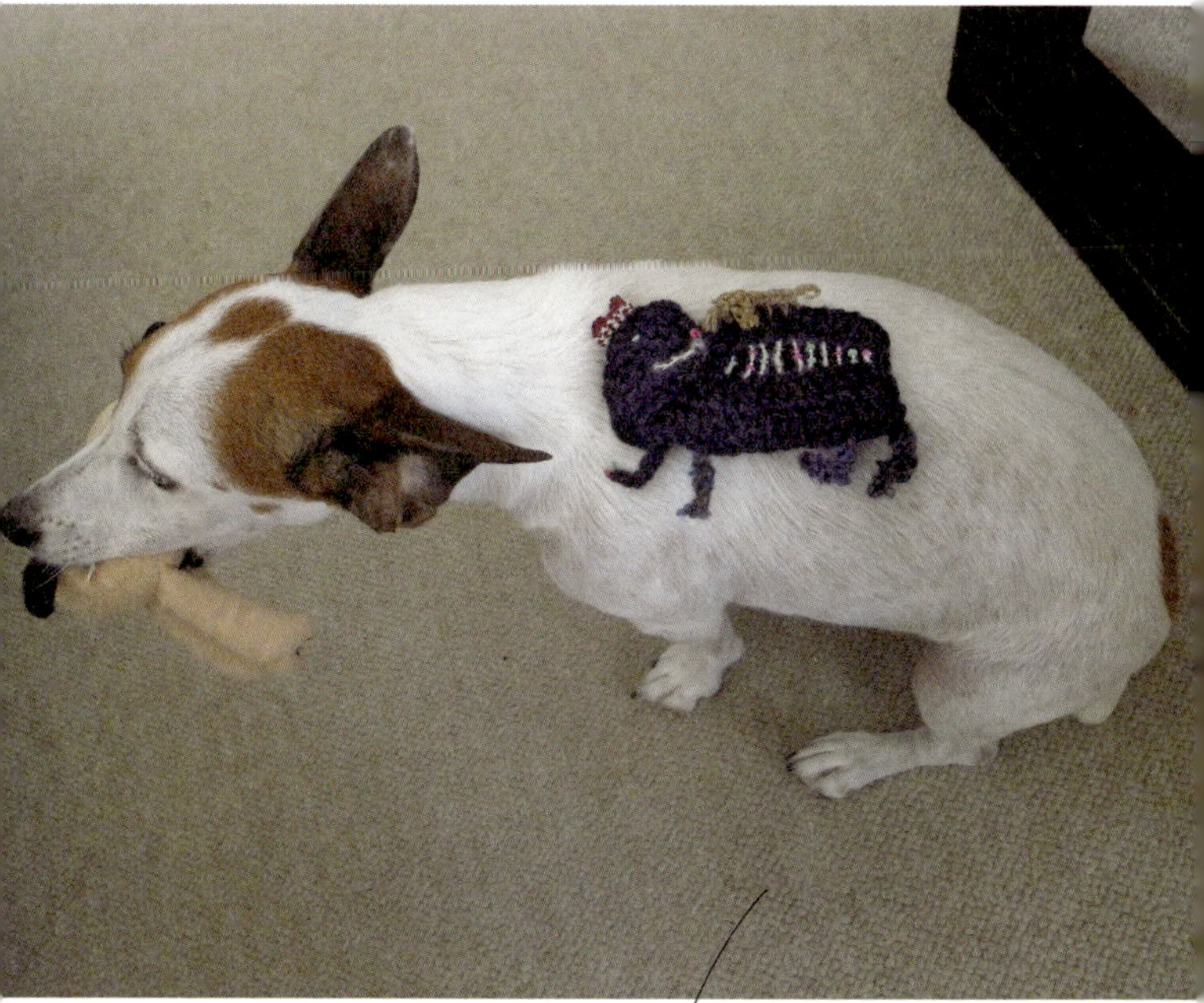

のせてる。

横尾香央留さんの展覧会『変体』で、
オーダーした「生き物」が、
封筒に入ってやってきた。
「生き物」がブイヨンを乗せてる。
では、と、
「生き物」をブイヨンに乗せた。

〈あるく・おかし・かわいい〉

『きみ あまいもの すきかい？』

そうやって こえをかけられたんだ

『ぼくのおなかの…
そうそう それそれ
それね とーっても
あまくて おいしいんだー
よかったら…どう？』

たしかに
ピンクのもミドリのも
とびきりあまくて おいしかったけど

文・横尾香央留（右ページも）

アイルランドのある草原にて。

のんびりと横になっている二頭の牛の会話。


「じゃ、ここは、なーんだ？」

「肩ロースだろ、かんたんだよ」

「じゃ、ここんところは？」

「レバー」

「ほいじゃ、こでは？」

「タン！」

「ほうでふ、正解でふぅ」

「もう、この遊び、飽きてきたね」

「そうだね。反芻でもしてようか」

「そうだね、反芻でもしてよう」

草食系男子っていうのは、
あんまり観察したことないけれど、
この旅で、草食系動物というものをじろじろ見た。
わかったことは、こっちが見ると、
向こうも見るということだった。
犬や猫は、目を合わせることは基本的に嫌うんだけど、
牛や羊はぼーっとじっと見るね。

旅って、たくさんの天井を見ることさ。

土地の記憶って、
「天気と人と食べもの」だっていう気がする。
あなたの地方は、どうでしょう。

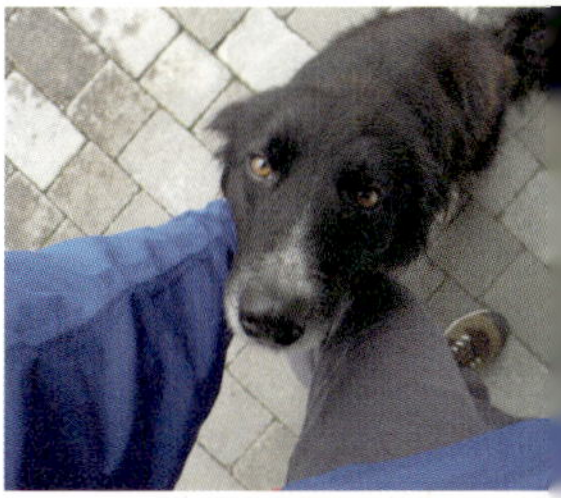

いろんな動物に会うのだけれど、
ブイヨンに会いたいなぁ。

できあい。

人間のおかあさんの「できあい」は、
犬に頭を押し付けるだけですが、
おとうさんは、ぎゅうっとします。
やや……迷惑です。
しょうがないんですけどね。

きゃっほー。

ボール投げを終わって、
これから散歩に行こうというとき、
カメラを持ったおとうさんが来たよ。
きゃっほー、おとうさんも行く？
雨がやんだから、どこでも行けるね。

旅人というものに、ぼくは、なれそうもない。
だいたい、ぼくが旅をするときには荷物が多い。
着替えなどしないのに、着替えが多い。
いつも、そのまま持って帰ってくる。
使いもしないプラグ類やら、読んだためしのない本、
サンダルやら、念のためのジャケット、日本の菓子、薬。
こんなに多くのものといっしょでないと、
ぼくは生きていけないのだろうかと反省したりもする。

いつものベッド、いつもの枕、いつもの加湿器、
冷蔵庫にはあれとかそれ、やや迷ってから着る服、
行きつけの店、ことば少なでも通じる友人、家族、
決まった時間にやっている仕事、その道具、仲間たち。
ぼくには「定住しつづけている理由」がありすぎる。
旅人は、持病の薬とか持ってないんだろうな。

旅人は、寒くても暑くても平気なのかなぁ。
ぼくみたいな旅人に向いてない人間は、
雨が降ったとき、急に暑くなったり寒くなったりしたとき、
靴が壊れてしまったとき、腹が痛くなったとき、
寝る場所が確保できなかったとき……のことを考えると、
もう考えただけで、頭のなかがじたばたしてしまうのだ。

いつもの環境を、少しずつていねいにつくっていって、
快適にしていった分だけ、そこを離れられなくなる。
普段でも、もっと別の暮らし方があるのかもしれない。
それは、決して、ぞんざいに暮らすということじゃなく、
選択の幅をあえて狭めるとか、
ものごとに万全を求めようとしないとか、
ぼくにはまだわかってない方法があるんだと思う。

亡くなった人に話しかけたいことや、
聞いてあげたいことは、ずいぶん時間が経ってからも、
けっこうたくさんあったりするものです。
感傷的に言うのではなく、ほんとに対話がしたいのです。
30年近くも時間が経っているのに、
いまごろになって、亡くなった父と話しています。
そういう意味では、今年亡くなった方たちとは、
もっと先になって、いろんなことを話すと思います。
その人が「いる」ということと、
その人は「いない」ということのちがいは、たしかにあります。
それがわかるのは、それなりの時間が過ぎてからです。
死んでからも話しかけられる人として、死にたいものだね。

死ぬことが、怖い、という気持ちがいつのまにか薄くなっている。
その分だけ、さみしいという気持ちが増えている。
そんなふうに変化するとは知らなかった。

今年は、というか、今年もというか、
亡くなった方がたくさんいました。

残念だという気持ちも、ほんとうだと思います。
生きていたら、もっといろんなことができたのにと。

悲しいというのも、あります。
もう会えないという別れは、亡くなったときだけです。

亡くなった人に向かって、
「あなたのいない世界が、そこに残っています」
ということを思います。
これは、残った側にいるもののことばです。
おおぜいの残ったものたちが、
ひとりの去っていった人のことを思っているものです。

いつごろからか、ぼくも、

「わたしのいない世界が、そこに残っている」
ということまでを、想像するようになりました。

おれの寝ていないおれのベッド。
わたしの読まないわたしの本。
ぼくを見ることのない家族や友人たち。
いつか、そういうものが世に あらわれる。
とてもあたりまえのことで、平板にさみしいこと。

亡くなった人たちに、親切にしようと思います。
亡くなった人は、やっぱりみんなと別れていて、
すこしさみしいだろうと思うので、
いろんな場面で、その人のことを
勘定に入れていっしょに遊んだりしたいと思います。

亡くなった方に、もう、なんの苦しみもありませんように。

おでかけ。

おとうさんの友だちのところに、
連れてきてもらいました。
コーヒーを見たりケーキを見たり、
人々を見たりして楽しみました。
まぁ、よかったです。

ひがくれる。

このまま時間が経つと、
日が暮れてしまいます。
だから、いまのうちにと、
ちょっと早めに散歩に出ました。
あと、雨が降るかもしれないんです。
風が強くて、雲が黒っぽいんです。
でも、うまくいきました。

「さみしい」と「おさしみ」は、なんにも似てないが、
互いに道ですれちがったりした場合には、
「お、知ってるやつだっけ?」と思うかもしれない。

前歯だけで食べる鮨、暗闇で食べる牛丼、雪原で食べる煎餅。
同じものでもありがたくない。

いつも「人間ドック」の前夜には、
『ドック・オブ・ザ・ベイ』という歌を思い出します。
いい歌なんだよなぁ。

「おじゃこのたいたんの妖女」

「君は、幼稚園のときにちり紙でつくった薔薇のように美しい。」
A・うれしい。 B・うれしくない。 C・どちらでもない。 D・聞いてなかった。

ぼくの研究によれば、ぼくやぼくの知り合いのほとんどの女房は、ほとんどの場合「D・聞いてなかった」です。

たいていの「くだらないことを言いたがる夫」を持つ妻は、「聞いてない」ことで、家の何かを守っているのです。
でも、あんまり「聞いてない」と「くだらないことを言いたがる夫」が勤労意欲までなくしてしまうので、
6回に1回くらいの割合で「少し笑う」のです。

【いるかいないかシリーズ】
ホタテガニ。目を閉じて想像してごらん。
見えてくるだろう、帆を立てて横歩きする、凜々しい蟹が。

じぶんの馬鹿らしさを眠らせたい。
そしてその眠る馬鹿らしさに添い寝してうとうとしたい。

「をかし」とか「あはれ」とか、
国語の時間に、習っといてよかったなぁ。
そのことばを知って、それをおぼえているというだけで、
ずいぶん生きていくことのおもしろみがあるよ。

はたらく。

お日さまがでてきたので、
椅子を干したり、
縁側のふき掃除をしたり、
ボール投げをしたりして、
みんなが働いています。

さわやかー。

ブイちゃん元気ですか。
見て見て、あんずだよ。
かーわいいだろーっ？
おいしそうだろう？
さーわやかだろう？

うめぼす。

犬の散歩によくない天気は、
梅を干すのにいい天気です。
人間のおかあさんは、
とてもうれしそうに、
「うめぼし」の
めんどうをみてます。
犬も見に行きたいですが、
連れてってもらえません。

ほぼ日ブックinブック

ことばのことを
考えることがよくある。

糸井重里

ほぼ日刊イトイ新聞

ツイッター物語　5
人びとがつぶやきを聞いているということについて。
祖父の会った貧乏神と疫病神。　17
ことば。　25

ツイッター物語

人びとがつぶやきを聞いているということについて。

「ツイッター」というものを、誰かが「つぶやき」という日本語に訳して、ツイートすることは、一般的に、「つぶやく」と言われるようになった。そうかな、「つぶやく」でいいのかな、と、私には少しばかりの抵抗もあった。それでもいいのかもしれないのだけれど、その「つぶやき」は、日常生活のなかでの「つぶやき」とはわけがちがうと思ったのである。

例えば、こんなことをつぶやいたとする。

〈青春の後姿を、人はみな忘れてしまうものだ。〉

わかる人には、わかるだろうが、これは、どこかで見たような、聞いたようなフレーズだ。だが、そのことはさしあたっては言うまい。

まず、この「つぶやき」がある。

〈青春の後姿を、人はみな忘れてしまうものだ。〉

すると、その「つぶやき」を見た人から、こんな反応があるかもしれない。

〈後姿というのは、後ろ姿のことでしょうか。辞書などには「後姿」という表記もありますが、現在、ほとんどが「後ろ姿」という表記になっています。たくさんの人が読んでいるだけに、ここは「後ろ姿」とされたほうが賢明かと思われます。〉

誤字あるいは、表記に関わる注意や助言である。まことにありがたいことだ。これからは、そういうことを考えのなかに含めつつ、つぶやいていくことにせねばなるまい。

同じようなご注意が続くとそればかりが気になるので、大勢にしたがっておくかと、修正を加えることにする。

〈青春の後ろ姿を、人はみな忘れてしまうものだ。〉

これでいい。

それはそうと、〈あなたのような日本語に責任ある立場の方が〉というふうな言われ方には、なかなかきついものがある。

〈青春の後ろ姿を、人はみな忘れてしまうものだ。〉

これで、もう忘れよう、青春の後ろ姿のようにね。

うかうかしているうちに、別の角度から「つぶやき」を見ていた人からご意見だ。

〈たしかに青春に後ろ姿はあります。わたしも、それについては、よく考えたものです。それどころか、わたしは、わたしの青春の後ろ姿のことを、いまも毎日のように思い出しているのです。その美しい思い出があるからこそ、いまのつらいばかりの日々を耐えられるとさえ言えます。ですから、「人はみな忘れてしまう」と決めつけられて、とても悲しい気持ちになったのです。「人はみな」と、まるで人類のすべてが青春の後ろ姿を忘れてしまうというようなお考えに、傷つくものがいるということだけは、憶えておいていただきたいと思います。〉

ああ、私は、どうして「みな」などとつぶやいてしまったのだろうか。不用意だったかもしれない。「みな」さえつぶやかなければ、この人を傷つけることも悲しませることもなかったのに。

「例外」。あらゆることには「例外」がある。私は、その「例外」について、例外なく考慮しながらつぶやいていくであろう。

目を閉じて、「例外」のさまざまについて思いを巡らしているうちに、こんどは、「抗議」と思しきものが届いた。

〈「青春の後ろ姿を、人はみな忘れてしまうものだ。」だって？　おまえは何様なのだ。その上から目線は、どうやって築き上げたものなのか。人の上に立って、人を見下すように「忘れてしまうものだ」などと決めつけているような人間が、同じ空気を吸ってると想像するだけで胸くそが悪くなるわい。おまえの発言は、いつだってそういう権力意識まるだしの下品きわまりない（後略）〉

威張っていた……。私は威張っていたようだ。上から目線だった、と。そう感じられたようだった。断定調の言い回しというか、文体がよくなかったのだろうか。変なところを刺激してしまったかもしれない。

だが、ちょっと「だ（である）。」の文体でつぶやいたからと言って、これほど責められるのは筋違いだろうという怒りも湧いてくる。マッチ1本ほどの「つぶやき」が、火事になっている。

あえて、これまでのご意見をとりいれて、つぶやき直すとしたら、こんな具合になるだろうか。

〈青春の後ろ姿を、多くの人は忘れてしまうようですね。〉

なんとも、まろやかな「つぶやき」である。言いたいことの内容としては、同じと言えば同じである。これでいいか、これならよかったのか……。

しかし、やっと落ち着こうとしていたところに、ああ、という「ご指摘」が到着するのだ。

〈「青春の後ろ姿を、人はみな忘れてしまうものだ。」は、荒井由実の作詞した『あの日にかえりたい』のパクリですね。先生ともあろう方が、平然とユーミンの歌詞を盗作するとは思いもよりませんでした。しかも、この曲、この歌詞はいわば国民的な名作ですよ。誰でも知っていて口ずさんだことのある有名な曲をパクって、気づかれないとでも思ったのでしょうか。〉

あああ、あああ、であった。

私は、これを知っていたはずだ。それなのに、忘れてしまっていたのだ。記憶の階層が古い時代のものだったからなのか、まるで、いま思いついたかのように不用意につぶやいてしまったのである。送信ボタンを押すときの、あの気軽な態度が、いまでは悔やまれてならない。

〈口笛でも吹くように押した送信ボタン〉

まるで、歌詞のようだ。

私は、誰もいない海に流すびん詰めの手紙のように、送信ボタンを押してしまったのね　ラララ。

歌っている場合じゃなかった。

いまやることは、なんだ？　後悔することだ、反省することだ、落ち込むことだ。いや、待て、そんなんじゃ解決にはならない。しかし、送信ボタンを押してしまった。パクリだ、盗作だ、罪だ、罰だ、ドストエフスキーだ。休日の午後のつぶやきが、私のこころを闇に閉じこめた。

謝罪ということばがウガンダ。いや、浮かんだ。もうすっかり混乱しているのであるし、私は風邪に舞う小鳥だ、風邪はちがう風だ、鳥じゃない鳥だ。

〈「青春の後ろ姿を、人はみな忘れてしまうものだ。」というつぶやきは、荒井由実さんの『あの日にかえりたい』の歌詞の一部分を、断りなく飲用し、あたかもじぶんの思いつきのように表現したものでした。ここに作詞の松任谷由実さまならびに、ご迷惑をおかけし

た関係者の皆さまに謝罪し二度とこのようなことなきようご注意申しあげます次第です。〉

ツイッターの文字数制限である140字を超えていた。誤字があり、丁寧語の使い方やら、主語のまちがいやら、もう、ぐっちゃぐちゃになっていた。

こんどは、誤字、文章の失礼などについて、当然のお叱りが殺到したのだけれど、そのひとつひとつは省略する。思うことは、ただひとつである。

つぶやくんじゃなかった。

続いて、何通も届いたご意見は、私のやったことについて、私が、「どうしていけなかったのか」をまったく理解していないというお怒りだった。ものをつくる人間としての自覚、不注意で不用意な創作態度、謝罪の仕方の誠意のなさ、そういうところが、いちいち腹に据えかねるのだ、と。

いつしか、私のこれまでの人生や、過去の不始末などについて、深い反省を求められるようになってきた。

〈青春の後ろ姿を、人はみな忘れてしまうものだ。〉

たった20文字程度の「つぶやき」が、カギを開けてしまったのだ。私のこころのドアが開けっぱなしになっている。寒い風も吹き込むし、泥足の野次馬がづかづかと入り込む。ずっと座り込んで一日中、関係ない話をしている者もいる。酒盛りをしたり、なにやら高笑いしている集団もある。

だんだんと、〈負けないで!〉という声援のようなものが混じるようになった。私を励ましてくれているらしいのだけれど、そのことよりも、私を責め立てている人びとへの攻撃のほうが多かったようにも思えた。そこには、私が安易に「謝罪」をした、ということに対して裏切り者扱いしてくる人もいた。

もうどうしていいのか、わからない。

〈口笛でも吹くように押した送信ボタン〉
るるるるる。

祖父の会った貧乏神と疫病神。

貧乏神と疫病神が、楽しそうにダンスを踊っているような場所に、ぼくは紛れ込んでしまった。

「青年よ。踊りたまえ。未来は君たちのものだ」

貧乏神は、こころから楽しそうに言った。

それは、未来をぼくにくれるという意味なのだろうか。未来をぼくにくれて、未来とぼくとを豊かに太らせて、それからゆっくりと貧乏にしようということなのか。

いや、まてよ。

貧乏神が未来をくれるなんて、聞いたことがない。だいたい貧乏神が、未来じゃないにしても、なにかを持っているなんてことがあるわけはない。無一物だからこそ、貧乏神なのではないか。

「わたしが貧乏神だからって、わたし自身も貧乏だと思っているのだな。ずいぶん単純な発想をするのだね、青年よ」

たしかに、貧乏神の着ている服は、どこかの国の貴族かなんかのようにも見える。しかも、にやにや笑いながら、あちこちのポケットに手をつっこんでは大きな手で、金貨のようなものや、宝石らしいものをつかみだして、でたらめにまき散らかしている。たしかに、この貧乏神は、貧乏じゃないと言えそうだ。

じゃ、どうして貧乏神なんかやっているのだ。

「知らない、そんなことは。わたしの家系は、代々貧乏神だったのだ。先祖のなかには、じぶん自身も貧乏だったものもある。しかし、わたしは貧乏ではないし、貧乏神をやっていることが楽しくて仕方がない。そして、人を幸せにすることも大好きなのだ」

そう言いながら、ポケットから金貨や銀貨、宝石を出してはまき散らし続ける。そういうものが、無限に出てくるポケットなのだろうか。

なにをどう考えたらいいのか、すっかりわからなくなってしまったぼくに、からだをリズミカルに揺らしながら疫病神が話しかけてくる。

「貧乏神は、いいやつだよ。いつだって、出合った人の幸せばかりを考えている。貧乏神に好かれたら、一生食いっぱぐれることはない。君も、楽しく踊っていけばいいのに」

こんどは、疫病神の親切な忠告か。疫病神は、福々しい笑顔だった。とても嘘をついたり人を計略にはめるようなタイプには思えない。

「疫病神も、さすがは神というくらいのお人好しだ。彼がハグした人は、一生、楽しい夢を見られるんだよ」

こんどは貧乏神が、疫病神のことを説明した。

「現実がどんなに幸せだったとしても、毎夜毎夜、眠るたびに悪夢を見ているような人間もいる。そんなのは、嫌だろう？　だから、疫病神は、夢の国の幸福をくれるのだ」

それをすべて受けとめたら、どういうことになるのだろう。貧乏神の好意に甘えて、現実の幸福やら、豊かな未来やらをいただいて、疫病神に抱きしめられる夢の国の幸せをもたらされたら、もう、なにも心配も不安もなくなってしまうではないか。

そうか。そういうことか。

貧乏神と疫病神とは、ぼくの心配やら不安やらを、ぼくから奪い取ろうとしているのかもしれない。ああ、恐ろしい恐ろしい。なんという狡猾で陰険な悪巧みなのだろう。そうはさせるものか。

ぼくは、貧乏神らが、ちょっとよそ見をしているすきに、その場から走って逃げ出した。貧乏神も、疫病神も、ぼくを追っては来なかった。ほんとうに危ないところだった。


祖父の日記は、ここで終わっていた。

ぼくが生まれる前に他界していた人なので、祖父がどんなふうに生きたのかは、よく知らない。だが、格別に金持ちだったとも聞いてないし、苦労したりひどい貧乏をしていたという話もない。また、この日記に登場する貧乏神と疫病神のほうも、いま現在、どんなふうに活動しているのか、ぼくにはよくわからない。ただ、祖父の人生がそれなりに無事だったおかげで、いまのぼくが存在できているのだと思えば、このときの祖父の判断や行動は、まちがってなかったというべきなのだろう。

日記を読んで、あらためて思うのは、こんな経験をした祖父と、ゆっくり話してみたかったなぁということだ。たぶん、この祖父なら、ぼくが素晴しく愛らしい妖精さんに結婚を申し込まれたことについて、ちゃんと相談に乗ってくれると思うのだ。

23　祖父の会った貧乏神と疫病神。

ことば。

1

ことばというのは、おもしろいものである。玩具としてもおもしろくて、実用の道具としてもおもしろい。ときには、ことばそのものが、神の役割をすることもある。ことばで、人を殺すこともできるし、人のいのちを救うことだってありうる。

2

ぼくが椅子に腰をおろしている。そこから、8メートルばかり離れたところに、冷たい水の入ったコップがある。それを、ぼくは飲みたい。しかし、この椅子から離れたくない。つまり、いまいる位置から動くつもりはない。椅子に動力は付いていない。ぼくの腕はどれだけ伸ばしても8メートルは届かない。

　どうしたら、このコップの水を飲めるだろうか。

「すみません。その水の入ったコップを、ぼくのところに持ってきてください」

　そう言えば、だいたいは飲める。

人がいなかったら、どうなのだと言われるかもしれない。はい、人がいないと無理です。じぶんで歩いてコップを取りに行きます。そういう話をしたいわけじゃないからね。

　ぼくが「水の入ったコップ」を望み、それをことばにすると、他の人の手足が、ぼくのかわりにはたらいてくれて、ぼくは、水を飲むことができる。超能力でもなんでもない、日常にありふれたことだ。

「ちょっと、それ、とって」と、たいていの人が言ってきただろう。

　つまり、ことばは、ものを動かしてしまう。人を介して、人びとを介して。

3

人通りのそれほど多くない細い道を、ぼくは歩いていた。毎日のように通る道なのだが、ふだんはほとんど人に会わない。すれちがうのは、その道沿いに住んでいる人たちか、そのあたりで工事をしている人、そこらへんに配達にきた人くらいのものだ。

でも、ごくごくたまに、昼食時に、近くのビルから出てきた人たちがランチをとる店を探しながら、こんな細い道を歩いていることがある。

20代の会社員らしい何人かの男たち。スーツを着ているのだけれど、リラックスして大きな笑い声を響かせて歩いてきた。なにを話しているのか、聞くつもりもない。ぼくはただ、すれちがっただけだった。

「それが、かわいいこフォローしているのを見られちゃってさ」

それだけが聞こえた。一気に、たくさんのことがわかった。

「それが」の前には、なにかいいことを言われていたのだ。話者は、「それが」でひっくり返したのである。

「かわいいこフォローしている」

つまり、彼はツイッターをしているのだ。それは「フォロー」ということばでわかる。「かわいいこ」は、女性であろう。「かわいいこ」が子どもなら、なんの問題もないからだ。また、「こ」がつく以上は、年上の女性ということでもなかろう。話者の年齢と、同じくらいか、やや下くらいの女性を、彼はツイッター上で、フォローしているのだ。

「見られちゃってさ」は受け身である。話者は、よろこんで見られたわけではない。「ちゃってさ」のところに、「はからずも」「しまった」という意味がこめられている。

そして、「見ちゃった」のも女性だろう。「見ちゃった・見られちゃった」ことが、彼と彼女のために幸せな事実ではなかったと、少なくとも彼は思っている。彼女のほうが「見ちゃった」ことについて、どう思っているかは、ここでは不明である。

話者が、「見られちゃった」ことを、どうしてネガティブにとらえているかと言えば、どの程度のものかはわからないが、「かわいいこ」をフォローするところに、「邪《よこしま》な」気持ちがあったからであろう。「かわいいこ」ということばが、自然に語られているが、そこに彼の、その「こ」への積極的な評価がある。

路地を歩きながら語られ、風のなかに消えていったはずの約20文字のことばは、なんの関係もないおじさんのこころに沈殿した。

「それが、かわいいこフォローしているのを見られちゃってさ」

どれだけ、軽いように見えても、人の語ることばには、それなりに深い根があるものだ。

「それが、かわいいこフォローしているのを見られちゃってさ」

このドラマに登場するすべての人に幸あれと、願うものでありま
す。

鑑賞者である、ぼくにも、また、それを読んでるあなたにもね。

「たのしく」は、
「おやつ」程度のことなのかもしれないけれど、
その「おやつ」だけで生きていけるくらいに、
「たいへんによろしいもの」なのだとは言えないか。

作・なかしましほ

きれいな女性と言われる人は、まずは姿勢がきれいです。
どんな美容法より効果的で、しかも無料です。

「失敗」を求めているはずはないのですが、
「失敗」をただ恐怖していたら、
なんつーか、「悪い運命の思うつぼ」です。

どんなふうに、なにを教えるかよりも、
おとなたちが実際に「どう生きているか」が、
こどもたちに大きな影響をあたえるんだと思います。

ちょっと大きくなったこどもたちは、おとなたちが
「やせがまん」をしていることも知っています。
ちょっとかっこつけて笑っていることも、わかってます。
こころからうれしそうに笑っている瞬間も、
きっと見逃さずに見ています。
そうして、じぶんにとっての
「かっこいいおとな像」をイメージしていくんでしょう。
あんなふうに生きたいなぁ、とか、
あんなふうにはなるまい、とかね。

「いい背中」は、ほんとうに強いからね。
どんなことばより、人のこころをひっぱってくれます。

「してもらって、うれしかったことをしたい。
されてイヤだったことは、したくない。」
そんな簡単なことを思うだけで、
なんともイヤな「伝統」は、断ち切れるのにねぇ。

あらかじめおもしろいこと。そんなものないんです。
あるのかもしれないけれど、それにしたって、
苦しみや、緊張や、疲れとセットだったりします。
好きでたまらない彼や彼女とデートだとしても、
それはそれで、やっぱり「おもしろくする」ものです。
ただいっしょにいるだけでうれしい、としても、
それはそれで、たがいに、うれしくしているんですよね。

たのしくなさそうなところよりも、
たのしそうにしている場所に、
人の気持ちは集まるものなんです。
たのしそうでないと、いろんな人の気持ちが、
そこを迂回してしまうんですよね。
そして、なによりも、たのしくないじぶんが、
たのしんでないじぶんを遠ざけようとしてしまう。

「みんなが、わかってくれない」というときには、
じぶんの側をよく見ることからはじめたいものです。

細々であろうが、よれよれであろうが、
生きてるとなにかしらいいことがある。
それがないと思い込まない方が、いい。

たとえば、「感受性が鋭い」というのは、
自慢できることなのでしょうか。
たとえば、「純粋だ」というのは、
そんなに価値のあることなのでしょうか。
たとえば、「シャイだ」というのは、
ほめられて然るべきことなのでしょうか。
たとえば、「血の気が多い」というのは、
うれしそうに言えるようなことなのでしょうか。
たとえば、「儲けるのがへただ」というのは、
よいことなのでしょうか。
たとえば、「押しが弱い」って、
そのままにしてていいのでしょうか。

たいていのあなたは、「じぶん」を過大評価してます。
他の人たちに見えているあなたの「じぶん」さんは、
そこまでたいした人間ではないみたいですよ。
そして、もうひとつ、前のことと逆なんですが、
あなたは、その「じぶん」さんのことを、
やや過小評価してしまうことも、よくありますね。
みんなは、もうちょっと期待しているようですよ。

世界を動かしているのは実はアートなんじゃないか。
あらためて、そう思うんです。
学問という名で語られていることも、
経営と呼ばれているいかにも現実的なことも、
スポーツという分野でのかっこいいことも、
政治という人間的で複雑なものごとも、
あとから説明するときには、
いかにもロジックの成果みたいだけれど、
絵を描いたり音楽を奏でたりするのと同じように、
肝になるのは、偶然やら飛躍やらまで取り込んだ、
直感的なアートの領域にあると思うんです。
胸のすくような出来事が起こるのは、
「アートの領域なんだ」と言ってもいいのではないか。

「沈黙」は、時には、
どんなことばよりも大きなよろこびを表わすし、
どんなことばより激しい怒りや軽蔑をも表現します。
沈黙は最大にして最後の、弱いものにも使える武器です。
こどもでも、犬でも猫でもね。

実際に、たいていの人は、
「かわいい」と「かっこいい」のモノサシを、
無意識であてて、ものごとの価値を計っている。

風呂につかって考えた。
世界なんて、ころころ変わる、おれの機嫌しだいでね。

がけ。

ブイちゃん元気ですか。
なぜか帯広のホテルで、
深夜にアルバムの整理をしてます。
これは、ドン・エンガスの砦です。
古代遺跡です、90メートルの崖です。
なかなかすーすーしますよ。

き。

ブイちゃん元気ですか。
おとうさんは兵庫県の川西にいます。
清順さんちの「花宇」です。
大きい木に抱きつきました。
気持ちいいんですよ。

よかった。
ブイちゃん元気ですか。
おとうさんは三國万里子さんの
編みものの展示会で、
京都にやってきました。
「ほぼ日」のみんなとも会いました。
お客さんが、いっぱいでした。
さぁ、帰りまーっす。

うんだ。

ブイちゃん元気ですか。
おとうさんのところに、赤ん坊がきました。
といっても、よその赤ん坊なので、
家には持って帰りません。
ちょっと、おはなしをしました。

あたし、「あ行」って、好き！
ああ！　いい！　うう！　ええ！　おお！

（符宇）「御前居間平下郎！」「下鴨！」「草井名！」「五面！」

食餌、排泄、交尾、睡眠。
どれも、見たいものです。
虫でも、魚でも、爬虫類でも、哺乳類でも。
特に好きなのは、食餌の場面ですけれどね。

「老眼に気づいたその日を人生の折り返し点とする。」
という法則を考えたんだけど、どうだろう。

ツタンカーメンって古くね？

天然は洗練など笑い飛ばす。

八割ばからしそうと思いつつ、二割うらやましい……。

気を取り直して、
マンゴージャムをつくる。

Put it all aside and make mango jam.

なにか、その日その日の歌が
あってもいいんじゃないかな。

Isn't it nice if each day has its own song?

「スポーツか、エロスか。」

Sports or eros?

シャンソンと桜は、とても合う。

Chanson and sakura is a perfect match.

Put it all aside
and make
mango jam.

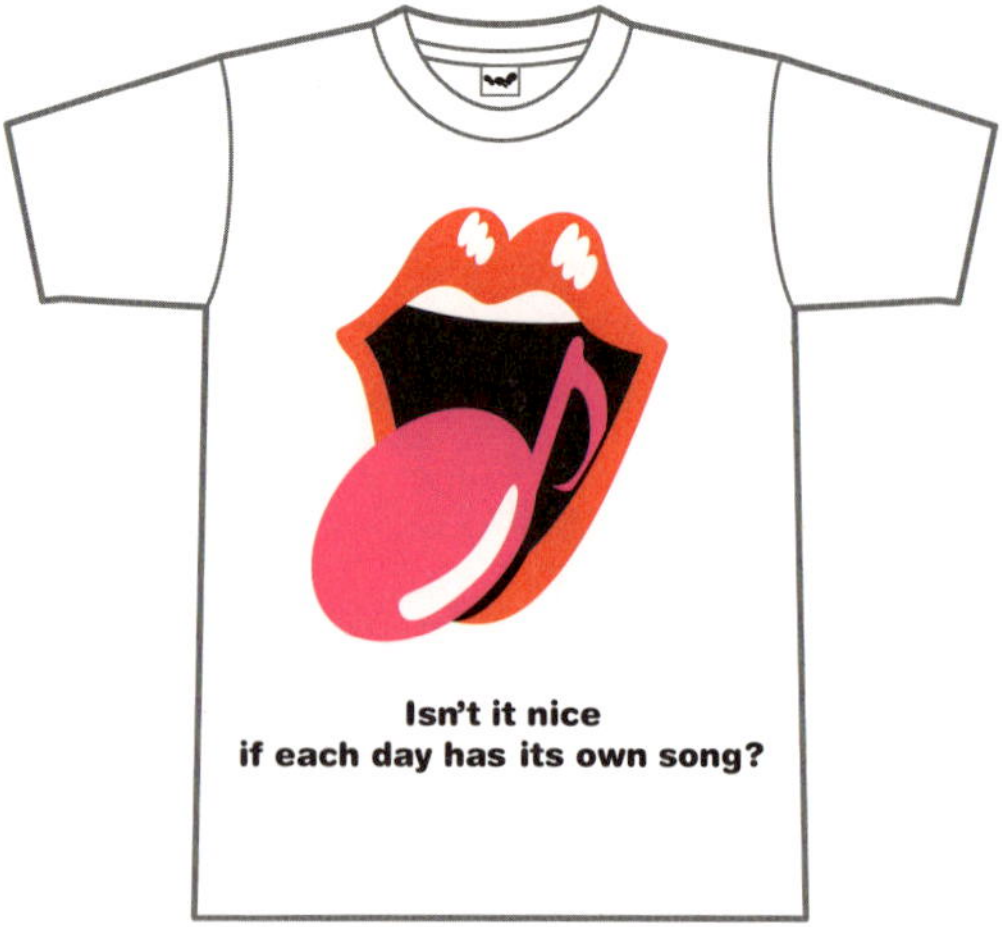
Isn't it nice
if each day has its own song?

SPORTS or EROS?

Chanson and sakura is
a perfect match.

絵・あーちん

よかったんじゃなーい？

おとうさん、昨日はプレゼントとか
いっぱいもらったりして、
よかったんじゃなーい？
お鮨やコロッケのクッキーも、
犬のクッキーもあったんだね。

さんままつり。

ブイちゃん元気ですか。
おとうさんは、さんままつりです。
いっぱい焼いた。
煙かった。
一本食べたよ。
うまかったわ——。

さんま100匹
焼いた。
めちゃっめちゃっ
楽しかった。
「これ、三太夫、
さんまは
焼いてあげるに
かぎる!!」

立川志の輔

「そんなものに、どうして腹を立てるのか?」

誰の名言でもありません。
ある日、ぼく自身がふと思ってメモしたことです。
忘れないようにしようと、いい場所に移動させたのです。

腹を立てると、じぶんの時間全体が汚れたように、
どんよりとしてきます。いやなものです。
いやだなぁと思いつつ、気がついたんです。
じぶんの意見と異なるものに腹が立つのではない。

あきれるほど汚いとか、ずるいとか、卑怯だとか、
相手にしたくないものに対して腹が立っているのです。
ちゃんとした敵よりも、そっちのほうが腹が立つ。
そういう傾向がわかったのでした。

「そんなものに、どうして腹を立てるのか?」

ほんとは無視をしておけばいいものに、
じぶんの時間を費やすのは、なによりもったいない。
このことを、これからも忘れないようにします。

じぶんと意見のちがった人を攻撃するよりは、
じぶんの「基準」を示すほうが建設的だと思う。

「あの人はまちがっている！」と騒ぐよりも、
ゆっくりでも、じぶんが正しいと思ったことを実現していく道を行く。
そういうふうに動いている人と、手をつないでいたい。

考え方もそれぞれで、育ちもそれぞれで、
顔つきもそれぞれで、どうしたいのかもそれぞれで、
ぶつかってる問題もそれぞれで。
それぞれが、それぞれのことをするしかない。
だって、ちがうんだもの。
それぞれが、同じことに悩んでるんじゃなくて、
それぞれが、同じことによろこんでるんじゃなくて、
みんな別々なんだけれど、
ときどき、「そう！　いっしょ！」ということが混じる。
その程度なんだよね、同じって。
別の人なんだから、別のことをしたいんだよ。

観念的な理想なら、
あらゆる人あらゆる意見に耳を傾けるべきだということになるけれど、
それはあり得ないよ。
……でも、この意見を否定することはいともたやすい。
観念は無敵だもの。

舗装された道路だとか、どこにでも行けるクルマだとか、トラクターだとか、電動ノコギリだとか、化学肥料だとか、まるでなくてもよかったかのように言うオトナがいるけれど、どういう生活をしながら言ってるんだろう。

「ペニシリンを想え」と、ぼくは思う。

「小姑というものがいたほうがよかったケースと、
いないほうがよかったケースとを比べたら、
どっちがよりよいものか。
それを世界の小姑はよく胸に刻んであれこれするがよい。」
——『小姑よ。（未刊）』（糸井重里）より。

そうこうしているうちに、
「意味」ばかりが問われるようになったのじゃよ。
色、かたち、匂い、触感、動き、そして見えないもの、
そういうものこそが人の好きなものなのに。
「意味」ばかりがでかい顔をするようになった。
想像力を想え、いつも。

信用されることは、とてもよいことだと思うのだけれど、
「信用されよう」としちゃぁいけない。
つまり、自然にあなたがやっていることが、
人に信用されているということなのだから、
「信用されよう」としてやっていることは、
ただの、「中身のないカタチ」になっちゃうから。
たぶん、人間は、無意識でそういうことを思ってて、
「信用されよう」としている人の集めた「信用」と、
「信用されよう」としてない人の得ている「信用」とを、
なんかちがうんだよなぁ、と嗅ぎ分けているのだろう。

「選んでもらう工夫」や「選んでもらう努力」、「選んでもらうための勉強」「選んでもらう作戦」。

そういうのばっかり発達してきたんじゃない？

それは、恋愛やら結婚やらのことばかりじゃなく、仕事のことや人生のこと全般に言えるように思う。


まずは「こっちが好きなんだ」ということが、出発点になるんじゃないか。

ま、かなりの確率で玉砕したり笑われたりもするけど、それはもう、そういうものですよ、コストだ。

さんざん「完璧に選んでもらえる人」になっても、選ぶのが相手であるかぎりは、外れるんです、基本。

さらに言えば、「もっと完璧な人」に負けます。

じぶんのやっていることを「情けない」と感じたり、
「無力感」に沈んだりしている時間は、
避けられない「コスト」だと思っています。
ずいぶん高いコストなので、削減してぇなぁと
歯を食いしばって腰をあげたりするわけです。

「寝不足だ」と「疲れてる」と「元気がない」と

「おもしろくない」と「生きる気力がない」とは、

ぜんぶちがうことなのだけれど、

往々にして、あたまはそれを取り違えることがある。

「あんたは、疲れてるだけじゃないか?」と言ってやりたいこともある。

いつごろからか「終わりのはじまり」という言い方が流行していた。
ことばとしては、ずいぶんかっこいいのだけれど、
そんな覚悟はしたくない。
終わりこそはじまりの母だ。
ぼくは、「はじまりを、はじめよう。」と言っていく。

ま、そんなに大げさなことを言わなくても、いいやね。

そうか。犬も猫も、告発したり、
じぶんこそが正義だと言い募ったりしないんだ。
ああ、大好きだ、あなたたち。

@chiinyan
もう震災から一年過ぎましたが、
津波にやられた私の車から救出された
どせいさん（とムッシュ熊雄）に
何か一言いただけないでしょうか？

@itoi_shigesato
（それでは代理でございますが）ぽてんしゃる。

@itoi_shigesato
それはそうと、わるいな、森川くん。
ぼくは今日のお昼にあのラーメン屋に行って、
行列の４人目になってね……食べたよ。

@morikawa1go
えええ！今日行くか迷ったんですよーw
おいしかったですか？

@itoi_shigesato
ぽてんしゃる。

ほんとにいろーんな仕事をしてきたけれど、
『MOTHER』というゲームシリーズは特別なものだった。
これをやったおかげで、年齢や性別や、
国籍さえも超えた人々と知りあえたんだ。
こういうことでもなかったら、
大人の「糸井重里」が小学生やアメリカ人と
同じ話をできることなんてなかったろうなぁ。

ずっと昔に子どもだった人たちや、その人たちの子どもが、
『MOTHER』の思い出を語ってくれるのを読んでいると、
なんかへんなんだけど「じぶんのことば」のように聞こえてくる。
子どもだった「じぶん」が、あちこちから声を出しているような気がする。
せんちめんたる。

あ、パパだ。

『マザー』のはなしもいいが
そろそろ　ねたらどうかね。

〈はい。　いいえ。〉

ぽえ〜ん

はい←

そうか。ねるまえに　おしっこしておけよ。
もらすと　ことだぞ。

いいえ←

きみも　もう　いいとし　なんだからさ。

吉本隆明
「悲しいもんですよね。
いや、ほんとうに思うんですが、
自分がしゃべっても、鼻歌をうたっても、
やっぱり、なんとなく、悲しいです。
悲しみじゃないことは、なんでもないことと同じだって、
そういう感じもします」

糸井重里
「そうですね。
笑いにしても、根っこにあるのはきっと、
吹き飛ばしたかった悲しみだという気がします」

吉本隆明さんが入院してから、
おなじみの白い猫が、さみしくなってしまったらしい。
かわいがってくれる人が減ったので、
その減った分だけもの足りなくなったのだろう。
このおじさんでもいいか、とばかりに寄ってきた。
なでると機嫌よくしていた。
あの、おとうちゃんは、しばらく帰ってこない。
そのことを、猫は知るべきなのだろうか。

前に、「いい会社とは?」という質問に対して、
吉本隆明さんが、こう答えてくれたことがありました。
「いい場所にいい建物があって、日当たりがよくてさ、
近所にお茶を飲んだりできるところがあったら、
毎日来てもいいやって思いますよね」
そのときには、わぁ、そう来たかと思いましたが、
「そうか、そうしよう」と実践してきました。

「対象に働きかけるということは、
対象の側からの反作用を受けているんですすよ、
必ず、そうなんです」と吉本隆明さんが言ってたっけ。
よく「ミイラ取りがミイラになる」よなぁ、
と思っていたことは、そういうことなのかもしれない。
攻撃している相手に、似てきたりしてはいないか？

吉本隆明さんが、自著の翻訳について
「こっちがそんなにがんばらなくっても、
ほんとうに必要だと思ったら、
外国の、向こうの人が日本語を勉強して訳そうとしますよ」
と言ってました。
人の美点なんかについても、似てるなぁと思いましたっけ。

吉本隆明さんが、80歳を過ぎてから、
「思えば、ずうっと同じことを考えていたんです。
この戦争ってのはなんなんだってことに、
一生かかっていたじゃないかと思うんです」
というようなことを語っていました。
年齢が加わると、若いときから考えてきたことの正体を、
あらためて激しく問い直したくなるのかもしれません。
それはそれは、ものすごいエネルギーです。
若いころには出せなかったような力が燃え出ます。
いやぁ、年を取るって、ずいぶん逆説的なことだなぁ。

2012年の8月15日にも、思うことがあります。
ぼくに、いちばんたくさんこの日のことを
話してくれたのは吉本隆明さんでした。
戦争が敗戦というかたちで終わった日。
愛国的な考えの学生だった吉本青年は、
なにを感じればいいか、なにを考えていいかもわからず、
海に飛び込んでずっと浮かんでいたという話。
もう肉声で聞くことはありません。
今年、5カ月前に吉本さんは亡くなっていますから。

この世にいる時間がだんだん短くなってきたころ、
吉本さんが、なにをいちばん語りたがっていたのか。
それは、やっぱり戦争のことだったと思っています。

戦争がいけないことという考えは、正しいものです。
しかし、その考えが正しければ正しいほど、
その戦争で兵士として戦って死んでいった

「近所の友たち」「幼なじみたち」のことが、
否定されたり無視されていくということについて、
吉本さんのこころのなかで、「そりゃぁねぇだろう」
という思いが残っていたようでした。
聞き手としてのぼくの力量のなさもあって、
うまくまとめられないのですが、
悲惨な戦争、憎むべき戦争という考えのなかで、
一兵士として死に、さらにもう一度、
人として否定されねばならない友のことを、
必死でかばおうとしていたように見えました。
左翼だの右翼だのという分け方では、
どうにもならない気持ちを、語っていたように思います。

戦争のなかの「近所の友たち」を大切に思う気持ちと、
戦争を無くしたいと思うこととが、
どちらも成り立つような考えがあることを。
ぼくは「あこがれ」のように想像します。
もう少し、この話の続きを聞きたかったなぁ……。

定期的に吉本隆明さんのところに通っているころ、
「子どもと教育」みたいな話を
うかがったことがありました。

いちばん基本的なこととして、
親が子どもに「半分かまう」ということを、
くりかえし語ってました。
それは、柳田國男流に言うと
「軒《のき》遊び」というのだそうです。
ある程度安全の確保されている家のエリアで
子どもを遊ばせておいて、
親は縫い物をしたり掃除をしたりしている。
どこかで用心して子どもを見ているけれど、

子どもに夢中になっているわけでもない。
そういう状態の時期が続いて、
やがて成長して、外で遊んでも大丈夫となりかけたころ、
小学校に上がるというわけです。

この「半分かまう」は、先輩役をする人間にとって、
ありとあらゆる場面で言えることのように思うんです。
じっくりと集中して見すぎていると、
型にはめようということになってしまって、
自由な意思だとか工夫や失敗が生まれにくい。
まったく見てなかったら、迷うばかりで危ない。
まさしく、「半分見てる」「半分かまう」のが、
成長の手助けになるんじゃないかと思うのです。

「じぶんで選べないことは、その人のせいじゃないです。」

これは、吉本隆明さんがなにかのときに、
呼吸でもするように言ったことばです。
生まれた時代や生まれた国、どちらもじぶんで選べない。
肌の色、からだの大きさやかたち、
そして兄弟やら両親も選べません。

親しい人どうしが、たがいに、
からかいあったりすることはあるかもしれませんが、
じぶんでどうしようもないことで、
責められたり不利益を受けたりするのは、
あってはいけないことだと思います。

吉本隆明さんの奥さんが、
「おとうちゃん（吉本さん）のいい人（であること）は、
　ほんものじゃないの。
　じぶんで、そういうふうにつくったものだから。
　おとうちゃんのお父さんは、
　ほんとに、ほんもののいい人だったのよ」
と、まじめな顔で話してくれたことがありました。
吉本さん御本人も、その場にいたんですけれどね。
ぼくは、「そうなんですか？」と吉本さんに訊きました。
吉本さんは「そうだと思いますね」と、
頭をかきながらすぐに答えたのでした。

吉本さん。
こういう日がくることは、ずっとわかっていました。
ご本人といっしょに、そういう日のことについて
話したことも、何度かありましたよね。
「町内会で、小さいテントみたいなものを借りて、
簡単にやってもらえたら、それがいちばんいい。
吉本家の墓は、この駅で降りて、
入り口からこうしてこうして行けばわかります。
途中に誰それの墓があるから、
それを目印にすればいいや」
なんて事務的なことを、
伝言のように聞いていました。

「死っていうのは、じぶんに属してないんですよ。
じぶんは死んじゃうんで、わからねぇから、
家族とかね、周りが決めるものなんです」
死んでやろうかと思ったときそのことに気付いた、
と、闘病がはじまったころに言ってましたよね。
ぼくは、何年も前から、
吉本さんがこの世から亡くなることを、
惜しまないようにしようと、
じぶんを慣らしていました。
だから、お会いするごとに少しずつ少しずつ、
そっちの方に近づいている兆しを見つけても、

わりあいに平気でいたつもりでした。
病院に入られてからのお顔や姿も、
しっかり目じは見ていられました。
前回は、意識がなかったように見えました。
見てつらかったけれど、落ち着いていたつもりです。
ただ、ほんとうに帰ってこない日がくるとは、
思っていなかったのかもしれませんね。
吉本さんのいない世界に生きていることを、
ぼくはさんざん練習してきましたから、平気です。
あとは、とても健康な悲しみばかりです。
思っていたのと全然ちがって、ずいぶん悲しいです。

誰かが亡くなったとき、あんまりことばはでません。
こんなふうになにか言うことは、初めてです。
まだ、吉本さんに聴いてもらえてると思って、
ぶつぶつ言ってるのかもしれません。
「ありがとうございました」とか
過去形で言うのはやめておきます。
ぼくがそっちに行ってから、そこでお礼を言います。
でも、中締めっていうのもありますものね。
じゃ、また。

『吉本隆明さんのやってきたこと。』

ずうっと、大多数の「うまいこと言えない」人々を、
応援し手伝おうとしてきた。
ほんとうは、じぶんが「うまいこと言えない」人だった。
「うまいこと言えない」人が、うまいこと言えたとき、
世界は「ほんとう」を見て、凍りつく。

「うまいこと言う」のが仕事であったり、
「うまいこと言う」ことで、じぶんを有利にしようとする人たちに、
「うまいこと言えない」人たちが
惑わされないようにするための番人でもあった。

「うまいこと言えない」人たちだって、
じぶんの商いの場面では「うまいこと言う」し、
生活を豊かにするための「うまいこと言う」場面なら、
いくらでも持ちあわせている。
ものを拵えることも、恋し睦むことも、

「うまいこと言う」のが仕事の人たちよりも、
ずうっと「うまくやれる」のだから、
馬鹿にしていたら痛い目に合わされるよ、えっへっへ。

「これまでやってきた仕事を、ひとつに繋ぐ話をしてみたい」と、
晩年『芸術言語論』と題した講演をまとめた。
提案したとき、まだこのタイトルはなかった。
よく見えない目で天空を仰ぎ、そこで語ったのは、
「沈黙＝言わない・言えない」の尊い価値だった。
「うまいこと言えない」人たちに、それを伝えたかったのだと思った。

ずっと「うまいこと言えない」ことは、弱さだった。
大人の前で子どもは、男の前で女は、国家の前で民は、
人間の前で犬猫は、知識の前で非知は、弱いものだった。
そして「うまいこと言う」ことは、武器であった。
しかし、その弱さを蔑ろにしたことこそが、
武器を使う人間の弱さであり、落とし穴なのである。
ほんとうは、世界は、まるっきり
「ひっくりがえし」なのだと、吉本隆明は言い続けた。

吉本さんのふたりの娘たちは、
眠っているように見えるおとうさんに向かって、
同じことばをかけていた。
なんだか仕事終わりの挨拶のようだった。
「おつかれさまでした」
疲れる人生だったんだろうなぁ、きっと。
それはそうと、ぼくはいま、健康だし元気ですからね。

おでかけ。

おとうさん、ちょっと
お出かけしてきました。
猫のいる家なので犬は行きません。
昼寝しながら留守番してました。
今日はあたたかい日です。

みる。

犬は、見る。
人を見る。
人が見るから犬も見る。
犬が見るとき、
人も見る。
でも、おとうさんは、
犬の目と黒い鼻を見ているね。
かわいいと思って見てるね。

あいかわらず。

最近、ちょっと少なめでしたが、
昨夜、新しいのが撮れました。
おやじと犬のソファシリーズです。
犬は、起きてるんですけどね。
このあと、ちゃんと寝ました。

あったかい。
ぽかぽかして、
まるで、えーっと、まるで、
あったかい日のような日です。
犬はとても元気です。

じんりきしゃ。

人力車は、よく見かけるのですが、
こういう畑のなかの畦道では、
あんまり出あったことがありません。
リクエストがあったんでしょうね。

犬の年齢は、人間の7倍の速度で進むと教わっています。1年ごとに、7年分の年をとっていくというのは、なかなかすごいことです。

うちの犬のブイヨンは、2003年の7月15日生まれなので、いまのところ8歳です。それを人間の年齢に対応させると7×8＝56歳というわけ。

そりゃぁ、走る距離も減るし、速度も遅くなるよなぁ。と思っているうちに、あと一週間で誕生日ですから、9歳になる……と、7×9＝63歳です。

うわっっと、ぼくとブイヨンは同い年ということですか。

若いころと同じように見ていますが、実は、無理できないくらいまで老化していたんですね。

9年とか、10年とか、それなりに長いつきあいになっていたんだね。

やんちゃざかりの仔犬だったのが、ついこの間のことのようにも思えるけど、9年もいっしょに遊んでいたんだと思うと、その時間の短さにびっくりしてしまいます。

　だって、人間の子どもの9歳といったら、小学校の3年生ですよ。犬の場合は、背丈の伸びるのも止まるし、いっしょにできることがたくさん増えたりしないので、いつまでも仔犬みたいに見ていたのかもしれません。


　濃い茶色だったところに、うっすらと白いものが見えてきたことだとか、散歩のときに妙にがんこになっていることだとか、年をとってきたのを、知らないわけじゃなかったけれど、そういうことを忘れるように忘れるようにしていました。

　でも、いいよ、7×20=140とか、7×22=154とか、そういう算数だってできるものね。

　ぼくも、そういう誕生日を祝うためにがんばろう。

9さい。

記念写真です。
「よく大きくなりました」と、
人間のおかあさんにだっこされて、
撮りました。
犬は、おなかも元気です。
これからも、よろしくお願いします。
人間のみなさん、よろしくね。

ちいさいとき。

ちいさいときの犬と、
いまより若いおとうさんの写真です。
まだ、犬は、おとうさんたちの家には、
いなかったんですよ。
しみじみ……。

「ちゃんと言える」ことばかりじゃないし、
「ちゃんと言える」までに時間がかかることもあるし、
「ちゃんと言いたくない」ことだってある。
そして「ちゃんと言える」に憧れていることもある。
ことばは、武器にもなるし、じぶんを守る防具にもなる。
ことばって、ほんとにすご過ぎるくらいすごいです。
だけど、そのことばがない空間もいいんですよねー。
無口な老夫婦が食事をしているとき、
ともだち同士がキャッチボールしているとき、
まるで犬と犬、猫と猫のようではありませんか。

演説でもなく、指導でもなく、商売でもなく、
樹木が秋にぽろっとドングリを落とすように、
会話という場に落ちてくる「ことば」の実。

窓の外をぼんやり眺めながら、
「なんか書くことないものかなぁ」と、
書くことがやってくるのを待っていました。
それは雨ごいのようでもありました。
でも、それは「来ない」。
だって、じぶんがじぶんの手で書くものなんだから。
待ってなければ、「来る」ことはあるんですけどね。
待ってるところには、「来ない」です。

意外に思われるかもしれないけれど、
「はぼ日」も、ぼく個人も「顔文字」を使っていません。
ことばのヘンな使い方とか、まつがった使い方とかには寛容ですし、
じぶんでも表現のひとつとしてそういうことをしているのですが、
「顔文字」を使いだすとなにかが壊れそうな気がしてね。

ジャムづくりは、
むつかしいことはなんにもないのですが、めんどくさいものです。
でも、そのめんどくさいのなかに、
おいしくする秘密がかくれていたりするものです。

ちゃーんす。

4キロのあんず。
どうやら雨の確率が0％らしいので、
チャンスだ、と思って、
天日干しにしました。
これ、また夜になったら
グラニュー糖をまぶして
一晩放置します。
それを煮てジャムにするんでっす。

「編みもの」の話をしはじめると、
世界のなかに隠れていた「編みもの物語」が、
次々に浮き出してくるのがおもしろいですねぇ。

ぼくが練習で編んだ切れ端みたいなものを見て、
ふと思い当たったように家人が出してきたのが、
白いニットのショールと、赤いストライプのマフラー。
小学生のころ「おかあさんが編んでくれたもの」で、
引っ越しを重ねても、ずっとあるんだそうです。

「編みもの」って、人それぞれの文章みたいですね。

あむ。

人間のおかあさんも、
犬の春の服を編んでいます。
おとうさんも、編んでいます。
犬はおとうさんを、励まします。
がんばればんばれおとうっさんっ。
散歩にも行こうね。

ぬすみぎき。

人間のおかあさんが話してるのを、
犬は聞いていました。
「ブイちゃんは、
からだがじみだけど顔がつよいから、
しぶめの色はあんまり映えないの。
華やかさのない服だと顔に負ける」
というわけで、もっと春らしく、と。
こんなセーターがつくられています。

はるっぽい。

どうやら、こんどのセーターは、
「ふぇああいる」らしいです。
春らしい色にしたので、
「春のよそ行きかな?」らしいです。
三國万里子せんせいの、帽子の柄が、
犬のよそ行きになったらしいです。
いいと思います。

よくがんばってくれたね、と声をかけたい人々がいます。
無事でよかったたね、と手を取りたい人がいます。
気持ちも新たに、やろうぜ、と見つめあう人がいます。
見ててください、と祈りたい人がいます。

生きのびた人と、亡くなった人、特になにもなかった人、
それは、たまたま決まったことでした。
ぼく自身は、あの日、東京にいて、
それからもぶつぶつ言ってはいるけれど、元気です。
つまり、それは、東京大震災じゃなかったからで、
その日に、あの場所にいなかったからです。
失ったものも、ほとんどなくて、元気でやっています。
運命がちがっていたら、いなかったかもしれない。
その気持ちに囚われると身動きできなくなりますが、
「じぶんだったかもしれない」ということは、
こころのなかに、小石くらいのサイズでもいいので、
いつでも置いておきたいと思うのです。
助けてるのは、「じぶんだったかもしれない」人。
だから、助けられていることとそっくりなんですよね。

「助ける」って、「いいこと」だから
かんたんだと思ってはいけないんだ。
ぼくは、よく、現地のともだちから
「おまえは出て行け」と言われる可能性について考える。

バーベキュー。

ブイちゃん元気ですか。
おとうさんたちは、唐桑の海辺で
海鮮バーベキューをしてます。
おなかいっぱい、かきやホタテや、
カレイやイカを食べてるよ。

いろんなものが目に入ってくるけれど、
ぼくらは最初に思ったとおりに「光の射す方向に」進もうと思う。
明るくしているほうが、うまく行くように思うし、
道のりもたのしいほうがいいに決まってるからね。
ぼくは、ずっとそういうことで行くんだろうと思う。

空の上から見てたら、花火が地上から降ってくるみたいだろうな。
静かな静かな雪のなかの花火だった。

はなび。
ブイちゃん元気ですか。
おとうさんたちは、
雪のなかで花火を見ました。
こんなの初めてだったよ。

実話です。
気仙沼の仮設住宅に女子ボランティアが扮した
「ミニスカサンタ」がたくさん出かけていって、
おじさんやおじいさんたちに、
それはもう、たいへんにウケたそうです。
「ああいうのが、いーちばんよろこばれるんだよねー」と、
地元のおかあさんが言ってました。

おまわりさんが言った。

「赤い服を着ておおきなふくろを持っている人が
サンタとはかぎらないので、よく職務質問しています。」

どういうふうに見分けるんですか。

「本官にプレゼントをくれるのは、ほんものです。」

おでは、やちゅうが好ちかもしれれね。

シアトルのマリナーズファンの
観客の拍手に送られて、
ヤンキースのイチローが初打席。
ヘルメットをとって、
客席に礼をする。
打席に立つ。
2球目をセンター前ヒット。
ああ、イチローだなぁ……。

ぼくは知ってるから、審判の叫ぶ
「っとぉらいゃ〜〜っ！」だとか「らぁ〜〜〜っい！」が
「ストライク」の意味だとわかるけれど、知らない人だったら
「なにを言ってるんだろう？？」と思うんじゃないかな。

口惜しいと思うような
機会もなく
終わることもあるのが
野球だと知る……。

応援というより
「祈祷」のような
ものでしたが……。

勝った。食った。ご機嫌。

今夜はもうインプットは要らないんです。
退路を断った戦いに、いまさらデータとか数字とかの
情報を詰めこんでいたら「勇気」が減るんです。

野球の試合がないのだから、
それを観ていた分だけ
時間がつくれると思ったのだけれど……ないなぁ。

「おいしい」という感覚のなかには、
「うれしい」の成分が入っているんだと思います。
「おいしい」だけを徹底的に追求していっても、
「おいしいはず」にはなっても、おいしくはないです。
「おいしい」をもとめるなら、
「うれしい」を考えなはれ。

ある日、どこに食べに行こうかという話になったとき、
「あそこでいいか」という言われ方をした店は、
あんがい何度も行くようになる。

夜中に流し台の前に立ち、でかい桃をまるかじりする。
右手が濡れ、あごが濡れ、甘さと冷たさが腹のなかに落ちていく。
少し下唇がひりひりするけれど、満足で満足で、大きな息をつく。

夕食は「もんじゃ」だった。
「もんじゃ」とはなにか、「もんじゃ」のどこをぼくらは好んでおるのか、
「もんじゃ」はさらにどうなっていったらいいのか。
そのすべての答えを見つけようともせずに、わたしは死んで行くはずだ。
そういうものがあるほうがいい。

神田「万惣」のホットケーキ。
ホットケーキ界のメートル原器のようにして、
永遠にあるものだと思いこんでいた。

ぼくは、バターもメープルシロップもなしで、ひと口食べる。
前歯に、微かにカリッとしたかたい感触があって、
そのまま食いこませると甘い香りの湯気が漂ってね、
上顎の奥のほうから、鼻腔に抜けて行くんだよ。

ふた口めは、つるんとなめらかなホットケーキの表面に、
バターを乗せてつうっと滑らせるよ。

ナイフの先を軽く当てて、
バターをスケートの選手のようにくるりくるりと回してやるんだ。
そして、カット。
フォークの先にあるひと切れを、口のほうから迎えに行くのさ。

メープルシロップをかけてからの物語は、
もう、やめときます。
……食べたいなぁ。万惣のホットケーキ。

カツ丼好きなら、きっと「コロッケ丼」も好きだと思う。
超絶的にうまい「コロッケ丼」って、食いたくない？

「コロッケ丼」は、タマネギと卵で、カツ丼と同じようにつくるんですよ。
コロッケをオーブントースターで熱くしておいて、さっと煮る。
食べるときには、楽しくくずしながらね。
これ、残りもの料理なんだけど、
正式につくったらさぞかしうまいと思ってね……。

イモでコメを
食べるんですか。

え？　炭水化物で
炭水化物を？

おいしい、のか？

炭水化物を炭水化物で云々というのは、観念だろ。
うまけりゃなんだっていい。
お好み焼きライスだって、ラーメンライスだって、うどんごはんだって。
コロッケ丼、上等！

味噌、醤油、そして塩。牛、豚、そして鶏。

大鍋、小鍋。大勢、そしてひとり。

あらゆる芋煮を、わたくしは大肯定いたします。

それでは、ご唱和ください。

「芋はあなたを愛します。」

「芋はあなたを愛します！」

いもに。

芋煮という名前ですが、
「ぎゅうにく」が入ってます。
だから犬はくんくんします。
おとうさんに、お箸で、
鼻をつままれそうになりました。
いやです。

うちは、餃子のつけだれに、
「パクチーを刻んだもの、ピータンを刻んだもの、
キムチを刻んだもの」
などを適宜混ぜて食べるのだけれど……
いま、ふいにそれを思い出して食いたくなっている。

おれは、今日だって
「お好み焼き（広島）」を食べる気はあるよ。
わざわざそうする必要もないから食べないだけで、
巡り合わせとしてそういうことになったら、
今日でも、明日でも、おいしく食べると思うよ。

味という意味では、新キャベツとか新タマネギとか、
ものたりないんだけど、
ぐわーっといっぱい食べられる快感が、
おいしさに変換されるんだよねー。
いいぞ、春！

カツオって、魚のなかでも
特に「いっぱい」食べられるタイプのおいしさだよな〜。
っくうっ！

コロッケとか串揚げなどのソースには、
「ウスターソース（中濃やとんかつでもよろしいよ）」に、
その半量のポン酢を加えるといいのさ。
ひとりで食べるときも、二度づけ禁止だぜ。

「ごぼうチップス」って、
もっといろいろの会社から
いろいろ工夫したものが出たらいいな。
基本的においしいものなぁ、「ごぼうチップス」って。

バーベキューは終わった。
よく食い、よく食った。苦しい。
こんどくるときは、釣りもしてみたい。
今日はルアーのスイミングテストだけで
時間切れになってしまった。
次は魚にも参加してもらいたい。

若洲公園で、さんま焼きまくりますた。
ホタテも牡蠣も、みんな気仙沼から送ってもらったやつさ。
芋煮、焼きそば、鳥焼き、お赤飯……ぜんぶ食った。
ふとったかもしれない。

アーモンドを砕いたものを表面にまぶしてある
「パルム」って、もう売ってないのかな。
あれが、いま、食べたい。昨日も食べたかった。

あずき（小豆）は、あらゆるジャムに合います。
チョコレート（カカオ豆）がそうであるように。
そして、もちろんミルクにもね。

煮てあったあずきに、ミルクをかけて、
はちみつとパイナップルジャムをトッピング。
おいしゅうておいしゅうて……。
おれ、インディアンネームだったら
「甘いものを食らう男」っていうのでいいや。

とらやの羊羹はよく知ってるけれど、
最中「梅ヶ香」をしっかり味わったら……
この「こしあん」がすばらしいねー。
ねっとりして、若々しい甘さがあって、均整がとれている。
ぼくの「こしあん」賞味のメートル原器になるような気がする。

「つぶあん」を食べ続けていると、
どうしても「こしあん」が食べたくなる。

なんだ、この肉！ 退治せねばなるまいて。

わたしのなまえはカレーメンでっす。

①いちごだけで
②いちごに練乳をかけて
③練乳をいちごとともに
④練乳のみで
以上の4パターン、ぜんぶおいしいです。

なに、おれの欠点か？　そうだなぁ……
……甘いものを好きすぎることかな。

人生は肉のみに生きるものではない。
鮨とか……魚も、野菜も、甘いものもある！

一日一度は、「おいしいねー」っていうものが
食べられますように。みんなが。
（七夕のねがい）

いまごろ気がついたんだけど、
「暑いから食欲がない」とか、
「そうめんくらいしか入らないよ」とか、
思ったことがない。

すべての人（つまりおれにも）に告ぐ。
腹八分目で行けっ！

たのしい、おもしろい、うれしい。
そして、まだ名付けられていない肯定的な感情。

ういんく。

かねてより練習しておりました
「ウインク」でございますが、
本日、これ、このように
成功いたしましたことを
ご報告もうしあげます。
ひげのイガイガもじまんです。

共感して、うれしい。合奏して、楽しい。
理解しあえて、うれし泣きする。離れ離れで、さみしい。
人間という「群れのどうぶつ」は、
「群れ」であることを確かめては、
また「ひとり」に戻る自由を求めるという、
振り子のような動きを繰り返しています。
「群れ」であることを、よくわかっていられたら、
「ひとり」で走ることにも耐えられるってことですよね。
あらためて、「Only is not Lonely」を、思いだしますね。

きゃんぷふぁいあ。

ブイちゃん元気ですか。
おとうさんたちは、
キャンプファイアをしました。
もうじき火を消して、
東京に帰ります。
もしかしたら、夜に
おまけの散歩をしてあげます。

じぶんちのこどもが言ったかわいいことだとか、
いっしょにいるどうぶつがするかわいいことだとか、
ちっちゃ過ぎて、わざわざ言わなかったりしますよね。
でも、そういうことが、
ほんとはみんな大好きなんじゃないかな。
室町時代であろうが、22世紀の未来であろうが、
近くにいる人だけが知ってたり感じてたりする
「親しいもののかわいさ」って、たぶん変わらないです。

かがやき。

なにかにとても前向きなとき、
犬は輝いている。
犬は、宝石。
犬は、光。
犬は、欲望。
犬は、犬。
なにかにとても前向きな犬。

かりっとした輪郭を持つ記憶が、どんどん消えてって、
ぼんやりとぬるっとした「思い出」が世界をつくってる。
老人になるって、そっちの方に向かうことなのかな。

汚れちまった悲しみにとは言わないよ。おとうさんだから。

おいしいごはんを食べよう。
楽しいむだな時間を過ごそう。
じょうずにさぼって、どこかで笑ってこよう。
あなたが誰かを大事にしているように、
誰かさんもあなたを大事に思っています。

かえらなきゃ。
暗くなってきました。
もう帰って、足を洗ったり、
ごはんを食べたりしなきゃね。
明日は、桜、咲くかなぁ。

あなたの　ぜんぶまるごとを
もう少し　信じてはみないか
考えたことは　考えたことで
そうだな　よく考えたものだが

川はくねくねと　考えなしに流れている
山はもりもりと　考えなしにもりあがる
どうやって飛ぶのか　考えなしに　鳥は飛び
うさぎは　とにかく　考えなしに　逃げていく

あなたは　息をしている　考えなしに
あなたの　心臓は相談もなく動く
腹のなかのすべては　暗闇で仕事をしている
温度計を見ることもなく
明かりをつけろということもない

それはもう　毎日もくもくとはたらいているし
一生　もくもくと　生まれる前から　もくもくと

あなたの　ぜんぶまるごとを
もう少し　感じてはみないか
考えることは　考えることで
たいへん　けっこうなことだが

目も見えないし　くびもすわらぬ赤ん坊が
おっぱいのありかを　見つけて　吸いつく
くいくい　ちゅぱちゃぱ　つよい音がする
おっぱいは　赤ん坊の口を　信じている
赤ん坊は　おっぱいで　まるごとを満たす
生まれたてのひと　考えなしに　もくもくと

いま「仮縫い」みたいにピンを打っている考えは、
こういうものなんです。

「誰かが言ったらうれしいだろうな」ってことを、自分で言ってるだけ。

いることいないこと。

だれかがいるということは
世界にだれかもいるということで。
だれかがいないということは、
世界にだれかがいないということだ。
世界はいつでも、だれかがいようがいるまいが。
(犬は、いつもの散歩中です。)

そらのした。

空の下の　すべてのものに
しあわせとか
ふつうとかが　ありますように
空の下に　いられなくても
しあわせとか
ふつうとかが　ありますように
空の上の　すべてのものに
しあわせとか
ふつうとかが　ありますように

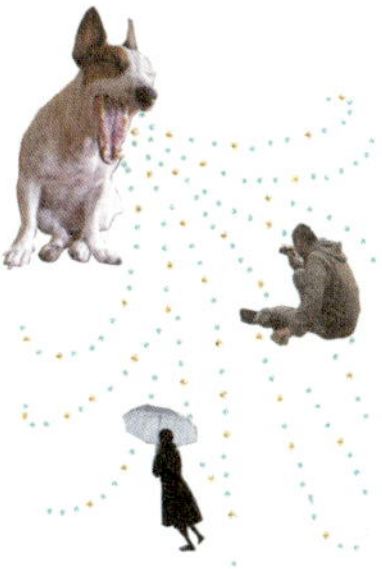

コラージュ・横尾香央留

メッセージやイラストレーションなど（敬称略）

和田誠 ―― 一〇四
南伸坊 ―― 一〇九
清水ミチコ ―― 一〇九
みうらじゅん ―― 一〇九
三國万里子 ―― 一一三
福田利之 ―― 一二四
横尾香央留 ―― 一二六
和田ラヂヲ ―― 一四四
なかしましほ（撮影・中島基文） ―― 一五五
秋山具義 ―― 一七八
あーちん ―― 一八〇
立川志の輔 ―― 一八三
ちいにゃん ―― 二〇〇
森川幸人 ―― 二〇一

ほぼ日ブックス

「小さいことば」シリーズ既刊のお知らせ。

2012年

夜は、待っている。

装画・酒井駒子

2011年

羊どろぼう。

装画・奈良美智

そして、
5年分のことばのなかから
若い人へ届けたいことばを
集めて編んだ文庫本。

ボールのような
ことば。

装画・松本大洋

ぽてんしゃる。

二〇一三年七月　第一刷発行
二〇二〇年九月　第二刷発行

著者　糸井重里

構成・編集　永田泰大
ブックデザイン　清水　肇（prigraphics）
進行　茂木直子
印刷進行　藤井崇宏（凸版印刷株式会社）

協力　斉藤里香　山川路子　佐藤由実

発行所　株式会社ほぼ日
〒107-0061　東京都港区北青山2-9-5　スタジアムプレイス青山9F
ほぼ日刊イトイ新聞　https://www.1101.com/

印刷　凸版印刷株式会社